KB107281

사라진 · 샤베르 대령

Sarrasine · Le Colonel Chabert

세계문학전집 420

사라진·샤베르 대령

Sarrasine · Le Colonel Chabert

오노레 드 발자크

선영아 옮김

민음사

일러두기

1 플레이아드 판본을 번역의 기본 텍스트로 사용했으며, 다른 판본들을 보조 텍스트로 사용했다.

Honoré de Balzac, *Sarrasine, La Comédie humaine*, tome 6, édition publiée sous la direction de Pierre-Georges Castex et al., Collection Bibliothèque de la Pléiade(n° 35), 1977.

Le Colonel Chabert, La Comédie humaine, tome 3, Gallimard, collection Bibliothèque de la Pléiade(n° 30), 1976.

2 작가가 이탤릭체로 강조한 부분은 고딕체로 표시했다.

3 모든 주석은 옮긴이 주이다.

차례

사라진

샤를 드 베르나르 뒤 그라이 씨에게*

* 『나귀 가죽』의 서평을 계기로 발자크와 친구가 된 문인이다. 발자크는 1844년 이 헌사를 썼다.

나는 가장 떠들썩한 연회 한복판에서 모든 사람을, 심지어 경박한 사람마저 사로잡는 깊은 몽상 중 하나에 잠겨 있었다. 엘리제 부르봉궁[1]의 괘종시계가 막 자정을 알렸다. 창틀에 걸터앉아 물결무늬 커튼의 일렁이는 주름 사이에 몸을 숨긴 채 나는 내가 저녁나절을 보내는 저택의 정원을 느긋이 감상할 수 있었다. 눈에 다 덮이지 않은 나무들이 어스름한 달빛 아래 흐린 하늘이 만들어 낸 회색빛을 배경으로 희끄무레한 윤곽을 드러냈다. 이런 환상적인 분위기 속에서 보자니 나무들은 엉성하게 수의를 걸친 유령들, 저 유명한 죽은 자들의 춤[2]의 거대한 이미지와 묘하게 닮은 구석이 있었다. 그러다가 반대편

1) 현재 대통령 관저로 쓰이는 엘리제궁.

으로 몸을 돌리면 산 자들의 춤! 은색 금색의 벽과 눈부신 샹들리에, 빛나는 촛불로 휘황찬란한 살롱을 감상할 수 있었다. 그곳에는 파리에서 가장 어여쁘고, 가장 부유하고, 가장 신분 높은 여인들, 찬란하고 도도하고 다이아몬드로 눈부신 여인들! 얼굴과 가슴과 머리와 드레스에 꽃을 장식하고 발목에 꽃줄을 단 여인들이 북적대고 들썩이며 하늘거리고 있었다. 가벼운 기쁨의 전율과 육감적인 발걸음으로 여인들의 가는 허리에서 레이스 끈과 블론드 레이스, 모슬린이 빙글빙글 원을 그렸다. 몇몇 지나치게 강렬한 시선이 여기저기를 꿰뚫어 보고 빛줄기와 다이아몬드의 광채를 압도했으며, 이미 과열된 가슴들을 한층 더 들뜨게 했다. 연인을 향한 의미심장한 고갯짓과 남편에 대한 거부의 몸짓도 감지되었다. 뜻밖의 패가 나올 때마다 터지는 노름꾼들의 탄성, 짤랑대는 금화 소리가 음악과 두런두런한 대화 사이로 섞여 들었다. 세상이 제공할 수 있는 온갖 향락에 취한 이 사람들의 정신을 쏙 빼놓을 작정으로 향수 냄새와 전반적인 취기가 들뜬 상상력을 자극했다. 그렇게 내 오른편으로는 어둡고 소리 없는 죽음의 이미지가, 내 왼편으로는 삶의 격조 높은 바쿠스 축제가 펼쳐졌다. 이편에는 차갑고 음침하고 애도에 잠긴 자연이, 저편에는 흥에 취한 사람들이 있었다. 별의별 방식으로 수없이 되풀이되며 파리를 세상에서 가장 유쾌하고도 가장 철학적인 도시로 만드는 두

---

2) 죽은 자들의 춤 혹은 죽음의 무도라는 주제는 회화에서 사람들이 해골 모양의 '죽음'과 함께 춤을 추는 형태로 나타난다. 흑사병이 창궐하던 중세 말 유럽 전역에서 유행하던 알레고리 중 하나다.

이질적인 그림의 경계에서 나는 반은 경쾌하고 반은 을씨년스러운 정신의 혼합물을 만들어 내고 있었다. 왼발은 장단을 맞추는데 다른 한 발은 관 속에 들어간 느낌이었다. 아닌 게 아니라 몸의 절반을 얼어붙게 만드는 외풍에 내 한쪽 다리는 얼음장 같고 반대쪽 다리는 무도회가 열릴 때면 흔히 그렇듯 살롱의 끈적끈적한 열기를 맛보았다.

"랑티 씨가 이 저택을 소유한 게 그리 오래되지 않았죠?"

"아뇨, 오래됐죠. 카릴리아노 원수가 저택을 판 지 십 년이 다 되니까……."

"아하!"

"저 사람들은 재산이 엄청나겠죠?"

"그럴 수밖에요."

"대단한 연회예요! 무례할 만큼 호화로운 연회예요."

"뉘싱겐[3] 씨나 공드르빌[4] 씨만큼 부자일까요?"

"모르셨어요?"

나는 고개를 쑥 내밀고 왜? 어떻게? 저 남자는 어디 출신이지? 어떤 사람들이지? 무슨 일이지? 저 여자가 무슨 짓을 했지?에만 관심을 쏟는 파리의 호사가 족속에 속하는 두 사람을 확인했다. 속닥이던 두 사람은 좀 더 편히 이야기를 나누기 위해 외떨어진 소파 쪽으로 옮겨 갔다. 비밀을 캐는 사람들에게 일찍이 이보다 더 풍요로운 광맥이 제공된 적이 없었다. 랑티 일가가 어

---

3) 『고리오 영감』과 『뉘싱겐 은행』에 등장하는 독일계 유대인으로 은행을 세워 여러 차례의 파산과 청산을 통해 큰 재산을 모았다.

4) 『가정의 평화』에 등장하는 유명한 재정가.

느 고장에서 흘러들어 왔는지, 수백만으로 추정되는 재산이 어떤 암거래, 약탈, 해적질, 혹은 유산에서 비롯되었는지 아무도 알지 못했다. 집안 식구가 모두 이탈리아어, 프랑스어, 에스파냐어, 영어, 독일어를 꽤 구사하니 오랜 세월 그 다양한 민족에 섞여 산 게 분명해 보였다. 보헤미안이었을까? 해적이었을까?

"아무렴 어때! 대접이 이리 융숭한걸." 젊은 정략가들이 하는 말이었다.

"랑티 백작이 술탄의 카스바[5]를 털었다 해도 난 기꺼이 그의 딸과 결혼하겠네." 한 철학자가 말했다.

동방 시인들이 상상하던 전설적인 아름다움을 구현하고 있는 열여섯 살 아가씨 마리아니나와의 결혼을 누가 마다하겠는가? 『마술 램프』 이야기에 나오는 술탄의 딸처럼 그녀도 베일에 가려져 있었어야 옳았다. 그녀의 노래는 빼어난 한 가지 장점이 늘 전체의 완벽함을 방해하는 말리브랑이나 손태그, 포도르[6] 같은 여가수들의 불완전한 재능을 무색하게 만들었다. 마리아니나는 소리의 청아함과 감수성, 박자와 음정의 정확성, 또 영혼과 기교, 정교함과 감성을 균등하게 조화시키는 방

---

5) 술탄이 거주하는 성채나 건물.

6) 마리아 말리브랑(Maria Malibran, 1808~1836)은 아름다운 음색을 지닌 에스파냐 태생의 프랑스 메조소프라노이며, 헨리에테 손태그(Henriette Sontag, 1806~1854)는 맑고 청아한 고음을 자랑하던 독일의 소프라노, 조세핀 포도르(Joséphine Fodor, 1789~1870)는 화려한 기교로 유명한 프랑스 태생의 오페라 가수다.

법을 알았다. 이 소녀는 모든 예술의 공통분모이자 늘 그것을 탐하는 사람들을 피해 달아나는 저 비밀 시의 전형이었다. 온순하고 겸손하며, 교양 있고 재기 발랄한 마리아니나를 능가하는 것은 없었다. 단 그녀의 어머니만이 예외였다.

세월을 거스르는 치명적인 미모를 지닌 덕에 서른여섯의 나이에 십오 년 전보다 오히려 더 탐스러운 여인을 본 적이 있는가? 그 여인들의 얼굴은 열정적인 영혼이고, 광채가 나며, 이목구비 하나하나에서 총기가 반짝이고, 특히 빛을 받으면 모공마다 특별한 윤기를 띤다. 매혹적인 눈은 끌어당기고, 밀어내고, 말하거나 침묵한다. 몸동작은 천진난만하게 교묘하다. 목소리는 요염하기 그지없는 감미로운 음색의 풍부한 선율을 펼친다. 비교에 근거한 그들의 칭찬은 가장 민감한 자존심마저 어루만져 준다. 찌푸린 눈썹, 사소한 눈짓, 샐쭉한 입술은 그들에게 생명과 행복을 맡긴 이들에게 일종의 공포심마저 심어 준다. 연애 경험이 없는 말 잘 듣는 젊은 아가씨는 유혹에 넘어가기도 한다. 그러나 이런 유형의 여인들을 상대하는 남자라면 모름지기 조쿠르 씨[7]가 그랬듯이 설령 뒷방으로 달아나다 하녀의 실수로 문틈에서 손가락 두 개가 으스러지더라도 비명을 삼킬 줄 알아야 한다. 그 강렬한 세이렌을 사랑한다는 것은 목숨을 내놓는 일이 아니던가? 우리가 그토록 뜨겁게 그들을 사랑하는 이유가 여기 있으리라! 랑티 백작 부인이 바로 그랬다.

---

7) 조쿠르 후작은 애인의 침실 뒷방으로 도망가다 손가락이 문틈에 끼여 뭉그러지는 와중에도 의연하게 고통을 참았다고 한다.

마리아니나의 동생인 필리포도 누나와 마찬가지로 백작 부인의 빼어난 미모를 물려받았다. 한마디로 이 청년은 살아 있는 안티노우스[8]의 모습이었다. 몸은 더 가냘팠다. 그러나 올리브색 낯빛, 짙은 눈썹, 벨벳 같은 눈의 반짝임이 장차 남자다운 열정과 고결한 기상을 예고할 때 가늘고 날렵한 몸매는 얼마나 젊음과 어울리는가! 모든 아가씨의 마음속에 필리포가 어떤 전형으로 남아 있다면 모든 어머니의 머릿속에는 프랑스 최고의 사윗감으로 기억되었다.

이 두 자녀의 아름다움과 재산, 재능, 기품은 전적으로 어머니 쪽에서 왔다. 랑티 백작은 작달막하고 못생긴 곰보였다. 에스파냐 사람처럼 침울하고 은행가처럼 따분했다. 그런데도 심오한 정치가로 통하는 것은 좀체 웃지 않는 데다 늘 메테르니히나 웰링턴을 인용하는 탓이리라.

이 비밀스러운 가족은 바이런 경의 시의 매력을 두루 갖추었으니 그 난해함은 사교계 인사에 의해 저마다 다른 방식으로 번역되었다. 구절구절이 모호하고 숭고한 한 편의 시였다. 랑티 부부가 출신과 과거 행적, 세계 곳곳에서 맺은 친분에 대해 유지한 지나친 조심성이 파리에서 오래도록 놀라운 화제가 되지 않을 수도 있었다. 베스파시아누스의 공리[9]가 이보다 잘 이해되는 곳은 세상 어디에도 없을 것이다. 이곳 파리에

---

8) 로마 황제 하드리아누스의 총애를 받은 미소년.

9) 로마의 베스파시아누스 황제는 황실 재정이 어려워지자 오줌 단지에도 세금을 매겼다. 새로운 세금에 대한 세간의 조롱에 베스파시아누스는 "돈에는 냄새가 없다."라고 응수했다.

서는 피 묻은 돈이나 흙 묻은 돈도 절대 배신하는 법 없이 모든 것을 이루어 준다. 사교계가 재산 총액을 아는 한 당신은 해당하는 금액 구간에서 등급이 매겨지고, 그러면 아무도 당신에게 귀족 문서를 보자고 요구하지 않는다. 얼마나 가치 없는 문서인지 다들 알기 때문이다. 사회 문제가 대수 방정식으로 해결되는 이런 도시에서는 요행마저 협잡꾼들의 편이다. 설령 보헤미아 태생이라 해도 워낙 부유하고 매력적이어서 사소한 비밀 정도는 사교계의 용서를 받을 수 있었다. 하지만 불행하게도 수수께끼 같은 랑티가의 사연은 앤 래드클리프 소설과 마찬가지로 호기심을 자극하는 흥밋거리를 끊임없이 제공했다.

관찰자들, 당신이 어느 가게에서 장식 촛대를 사는지 알고 싶어 안달하고 당신 아파트가 근사해 보이면 집세를 캐묻는 그런 사람들은 백작 부인이 주최한 연회나 음악회, 무도회, 사교 모임 도중에 이따금 기이한 인물이 출몰한다는 사실을 눈치챘다. 어떤 남자였다. 처음 저택에 모습을 드러낸 것은 음악회 도중이었고, 마리아니나의 황홀한 목소리에 이끌려 살롱까지 들어온 듯했다.

"좀 전부터 냉기가 느껴져요." 문가에 서 있는 부인이 옆 사람에게 말했다.

정체불명의 남자는 이 여자 곁에 있다가 자리를 떴다.

"희한하네요! 이제 따뜻해요." 낯선 이가 떠나자 여자가 말했다. "미쳤다고 하시겠지만 방금 제 옆에 있던 그 검은 옷을 입은 남자가 냉기의 원인이라는 생각을 떨칠 수가 없네요."

상류 사회 특유의 과장벽은 곧 이 불가사의한 인물에 관한 가장 익살맞은 생각과 괴상한 표현, 허무맹랑한 이야기를 지어내고 부풀려 갔다. 딱 꼬집어서 흡혈귀나 요괴, 인조인간, 파우스트, 로빈 후드라고 잘라 말할 순 없지만 인간의 모습을 한 온갖 기괴한 존재의 속성을 고루 갖추었다는 것이 환상 문학 애호가들의 평이었다. 파리 사람들의 기발한 조롱과 독설을 곧이듣는 독일인들도 여기저기 눈에 띄었다. 정체불명의 남자는 한갓 노인에 지나지 않았다. 매일 아침 몇 마디 거창한 말로 유럽의 미래를 결판 짓던 젊은 사람 가운데 상당수는 그 정체불명의 남자가 어마어마한 갑부이며 중범죄자라고 이야기했다. 소설가들은 이 노인네의 일대기를 지어내며 마이소르의 왕자 수하에서 저지른 만행에 대해 그야말로 기괴한 세부 묘사까지 제시했다. 더 현실적인 은행가들은 그럴싸한 이야기를 만들어 냈다. "칫! 저 왜소한 노인은 제노바의 머리로군." 딱하다는 듯 그들은 넓은 어깨를 으쓱하면서 말했다.

"선생, 결례가 아니라면 제노바의 머리가 무슨 뜻인지 말씀해 주시겠습니까?"

"선생, 그건 그자의 명줄에 막대한 돈이 걸려 있고, 그자의 건강 상태에 가족의 밥줄이 달렸을 거란 얘기요."

데스파르[10] 부인 댁에서 들은 어느 최면술사의 이야기가 생각난다. 최면술사는 제법 그럴듯한 역사적 고찰을 내세우며 신줏단지처럼 모셔지는 그 노인이 일명 '칼리오스트로'라

10) 발자크의 작품 『금치산』에 등장하는 인물로 파리 사교계의 여왕이다.

고 불리던 유명한 발사모[11]라고 우겨 댔다. 현대판 연금술사인 이 최면술사의 말에 따르면 시칠리아 태생인 모험가가 용케 죽음을 모면한 후부터 소일거리로 손자들을 위해 금을 만든다는 것이다. 급기야 페레트 대법관은 이 기이한 인물이 다름 아닌 생제르맹 백작[12]임을 알아보았다고 주장했다. 재기발랄한 어조로 말하는 이 어리석은 이야기들, 오늘날 무신앙 사회를 특징짓는 냉소 조의 이런 황당한 이야기들이 랑티 가문에 관한 석연치 않은 의혹을 떠받치고 있었다. 요컨대 기이한 우연들이 겹치면서 노인을 대하는 가족들의 수상쩍은 태도가 세간의 억측을 정당화했다. 노인의 일생은 이를테면 모든 탐문을 비껴갔다.

이 인물이 랑티 저택에서 할당된 거처의 문턱을 넘어서면 그의 등장으로 집안이 발칵 뒤집히곤 했다. 일대 사건이라 할 만했다. 필리포, 마리아니나, 랑티 부인, 그리고 늙은 하인만이 정체불명의 남자가 걷고 서고 앉을 때 부축할 특권을 누렸다. 그들 모두가 그의 일거수일투족을 감시했다. 그는 모두의 행복, 목숨, 재산을 움켜쥔 마법의 인물 같았다. 그것은 두려움이었을까 아니면 애정이었을까? 사교계 인사들은 이 난제를

11) 이탈리아의 신비주의자, 연금술사, 최면술사이자 여행가인 주세페 발사모(Giuseppe Balsamo, 1743~1795)는 칼리오스트로 백작을 포함해 여러 신분으로 위장하며 유럽을 전전했다. 이단 혐의로 1795년 옥사한 뒤로도 곳곳에서 그를 보았다는 목격담이 전해졌다.

12) 연금술과 불로장생의 비밀을 쥐고 수백 년을 살았다는 전설적 인물로 1750년대 전후 프랑스에서 이름을 떨쳤다.

해결할 작은 단서조차 얻지 못했다. 이 수호 정령은 미지의 은신처 깊숙이 몇 달씩 숨어 지내다 마치 초대받지 못한 잔치를 훼방 놓기 위해 하늘의 용을 타고 내려온 옛날 요정처럼 어느새 슬그머니 살롱 한복판에 나타났다. 집주인들이 너무 천연스레 감정을 숨긴 탓에 가장 노련한 관찰자들만이 그들의 동요를 눈치챌 수 있었다. 그러나 마냥 순진한 마리아니나는 이따금 카드리유를 추다가도 무리 속에 섞인 노인을 지켜보며 겁먹은 눈길을 던졌다. 혹은 필리포가 사람들을 헤치고 미끄러지듯 노인에게 돌진해 마치 사람들과의 접촉이나 가벼운 숨결만으로도 이 기이한 피조물이 부서질세라 다정하고 세심하게 그의 곁을 지켰다. 백작 부인은 표 나지 않게 다가갔다. 그런 다음 비굴함과 다정함, 굴종과 폭압이 뒤섞인 표정과 태도로 두세 마디 건네면 노인은 거의 매번 순순히 백작 부인에게 이끌려, 아니 좀 더 정확히 말하자면 붙잡혀 떠나곤 했다. 랑티 부인이 없을 때는 백작이 온갖 묘책을 짜내어 접근했다. 그러나 백작의 말은 잘 통하지 않는 듯했고, 노인을 대하는 그의 태도는 떼쓰고 보채는 어린애를 달래는 어머니 같았다. 오지랖 넓은 몇몇이 눈치 없이 랑티 백작에게 물어봐도 이 차갑고 준엄한 남자는 호사가들의 의문을 끝끝내 모르는 척했다. 역시 온 집안 식구의 경계로 여러 차례의 시도가 번번이 헛수고가 된 뒤에는 아무도 그렇게 꼭꼭 숨겨진 비밀을 들추려 하지 않았다. 점잖은 염탐꾼과 고지식한 바보, 정치꾼도 결국 이 수수께끼 앞에서 손을 들고 말았다.

그런데 그때 하필 이 화려한 살롱에 철학자 무리가 끼여 있는지 아이스크림과 셔벗을 먹거나 혹은 빈 펀치 잔을 콘솔 위에 내려놓으며 이렇게들 말했다. "저들이 사기꾼인 게 드러나도 나는 놀라지 않을 거요. 숨어 있다가 사절기 때나 한 번씩 나타나는 저 노인네는 내가 볼 때 영락없는 암살자인데……."

"아니면 파산한 자거나……."

"그게 그거죠. 누군가의 재산을 결딴내는 게 사람 자체를 결딴내는 것보다 더 나쁠 때도 있으니까요."

"선생, 제가 20루이[13]를 걸었으니 40루이가 와야죠."

"맹세코! 선생, 테이블에 남은 게 30뿐이에요……."

"이런, 사교계가 얼마나 혼탁한지 보세요. 게임을 할 수가 없어요."

"맞습니다. 그나저나 그 유령을 본 지 여섯 달이 돼 가는군요. 그것이 살아 있는 존재라고 생각하세요?"

"허허, 그깟 게……."

이 마지막 말을 남기고 내 옆에 있던 낯선 이들이 자리를 뜰 때 나는 흑과 백, 삶과 죽음이 뒤얽힌 생각들을 정리하던 참이었다. 내 두 눈과 미친 상상력은 화려함이 극에 달한 연회와 어두운 정원 풍경을 차례로 응시했다. 동전의 앞뒤와도 같은 인간의 양면성에 대한 상념에 빠져 얼마나 시간이 흘렀는지 모르겠다. 난데없는 젊은 여자의 숨죽인 웃음소리가 나를 깨웠다. 눈앞에 펼쳐진 광경에 나는 아연했다. 참으로 희한한 자연의 변덕으로 내 머릿속에서 펼쳐지던 반쯤 애도에 잠

---

13) 1루이는 20프랑에 해당한다.

긴 생각이 튀어나와 살아 있는 사람의 모습으로 내 앞에 나타났다. 흡사 장성한 미네르바가 유피테르의 머릿속에서 뛰쳐나온 듯했다. 그것은 백 살 노인인 동시에 스물두 살 청년이었고, 살아 있는 동시에 죽어 있었다. 키 작은 노인이 독방을 탈출한 미치광이처럼 방을 빠져나와 「탄크레디」의 카바티나[14]를 마무리하는 마리아니나의 목소리에 몰입한 사람들의 대열 뒤로 슬그머니 숨어든 듯했다. 꼭 무대 장치에 떠밀려 지하에서 불쑥 솟아오른 것처럼 보였다. 아무 움직임 없이 침울하게 한동안 연회를 지켜보았다. 아마도 연회의 수런거림이 그의 귀에까지 닿았던 모양이다. 몽유병자나 다름없이 사물들에만 관심이 쏠려 그는 사람들 한가운데서 아예 사람은 거들떠보지도 않았다. 그가 출현한 곳은 어린아이만큼이나 뽀얗고 발그레하고 앳되며, 마치 햇빛이 깨끗한 유리를 관통하듯 남자의 시선이 꿰뚫을 만큼 여리고 투명한, 파리에서 가장 매혹적인 여자 중 하나인 가냘픈 몸매의 젊고 우아한 무용수 옆이었다. 두 사람이 거기 그렇게, 내 앞에, 나란히, 바짝 붙어 서 있어 그 낯선 남자로 인해 여자의 얇은 드레스와 꽃장식, 약간 곱슬한 머리칼과 나풀나풀한 허리띠가 구겨질 정도였다.

그 젊은 여인을 랑티 부인의 무도회에 데려온 사람은 나였다. 그녀가 이 집에 발을 들인 것이 처음인 까닭에 나는 그녀

---

14) '18~19세기 오페라에서 볼 수 있는 짧고 서정적인 독창곡으로 마리아니나가 부르는 카바티나는 오페라 「탄크레디」(1813)의 주인공이 부르는 「이렇게 설레는 가슴」이다. 작곡가 로시니는 남자 주인공 탄크레디 역을 메조소프라노 여자 성악가에게 맡겼다.

의 숨죽인 웃음을 용서했다. 그러나 내가 다급히 어떤 강압적인 신호를 보내자 몹시 당황하며 옆 사람에 대한 예의를 갖추었다. 그녀가 내 옆에 앉았다. 노인은 별다른 이유나 말도 없이 고집을 피우며 이 감미로운 피조물의 곁을 뜨려 하지 않았고, 초고령의 노인들이 부리는 이런 고집은 그들을 어린아이로 만들었다. 젊은 부인 옆에 앉자면 접의자를 펼쳐야 했다. 노인의 동작 하나하나에서 중풍 환자 특유의 생기 없는 둔중함과 혼미한 우유부단함이 묻어났다. 알아듣기 힘든 몇 마디를 웅얼대며 그가 느릿느릿 자리에 앉았다. 탁한 목소리가 우물에 떨어지는 돌멩이 소리와 비슷했다. 낭떠러지에서 몸을 지키려는 듯 젊은 여인이 내 손을 움켜잡았고, 그녀가 주시하던 남자의 온기 없는 두 눈동자, 광택을 잃은 자개 외에는 달리 비할 데가 없는 청록색 두 눈이 자신을 향하자 몸을 떨었다.

"무서워요." 그녀가 몸을 기울이며 내 귀에 속삭였다.

"그냥 말씀하셔도 됩니다. 귀가 어둡거든요." 내가 대답했다.

"그럼 저 사람을 아세요?"

"네."

그러자 그녀가 제법 대담해져 인간의 언어로는 이름지을 수 없는 피조물, 실체 없는 형체, 생명 없는 존재 혹은 활력 없는 생명을 잠시 훑어보았다. 그녀는 불안한 호기심의 마력에 붙들려 있었다. 그 호기심은 여자들을 들쑤셔 맹수와 자기 사이에 허술한 울타리뿐이라는 사실에 가슴 졸이면서도 쇠사슬에 묶인 호랑이를 구경하고 보아뱀을 응시하도록 만든다. 작은 노인이 날품팔이처럼 등이 굽긴 했지만 예전에 중키는 되었음을 쉽게 알 수 있었다. 깡마른 몸통과 허약한 팔다리는 늘 가냘픈 체형이었음을 말해 주었다. 몸에 두른 검은 비단 반바지는 쓰러진 돛처럼 주름을 만들며 빈약한 넓적다리 둘레에서 펄럭거렸다. 만일 해부학자가 이 기괴한 육신을 떠받치는 가는 다리를 보았다면 한눈에 끔찍한 쇠약의 징후를 읽어 냈을 것이다. 만일 여러분이 보았다면 무덤 위에 십자가 모양으로 꽂은 두 개의 뼈다귀라고 했을 것이다. 이 병약한 육신에 새겨진 노쇠의 흔적에 별수 없이 주목하다 보면 인간에 대한 깊은 혐오가 마음을 죄어 왔다. 정체불명의 사내는 금실로 수놓은 구식 흰 조끼를 걸쳤는데 리넨 천이 눈부시게 희었다. 앞가슴에는 여왕도 부러워할 만큼 풍성한 다갈색 영국 레이스 장식이 노란 주름을 만들고 있었다. 하지만 그가 걸친 탓에 레이스는 장식이라기보다 누더기에 가까워 보였다. 가슴 장식 한복판에는 값을 헤아릴 수 없는 다이아몬드 하나가 태양처럼 빛났다. 그 고루한 사치, 그 자체의 가치는 지녀도 안목은 없는 보석은 기괴한 존재의 모습을 한층 두드러지게 했다. 액자는 초상화에 딱 맞았다. 검은 얼굴은 각지고 여기저기가 움푹했다. 턱이 움푹하고 관자놀이가 움푹했으며 눈은 누리끼리한 눈구멍에 움푹 파묻혀 있었다. 형언하기 어려울 만큼 마른 탓에 툭 불거진 턱뼈가 양쪽 뺨에 우묵한 구멍을 만들었다. 조명을 받아 다소 밝아진 이 돌출 부위가 기괴한 음영과 반사광을 드리우는 바람에 얼굴에서 그나마 인간적인 면모마저 앗아 갔다. 또 누렇고 얄따란 얼굴 가죽이 세월과 함께 뼈에 들러붙으면서 무수한 주름과 띠를 만들어 어린아이가 던진 조약돌로 생겨난 물결처럼 동그랗든 아니면 깨진 유리처럼 총총한 별 모양이든 주름과 띠가 깊고 마치 책 단면의 종잇장들처럼 빽빽했다. 몰골이 더 흉측한 노인들도 더러 있다. 그러나 난데없이 우리 눈앞에 나타난 유령을 인공 피조물처럼 보이게 만든 일등 공신은 그에게서 발산되는 붉은빛과 흰빛이었다. 가면 위의 눈썹이 빛을 받아 번들거리는 탓에 아주 잘 그린 그림이라는 게 들통났다. 그러한 육체의 잔해를 목격해 침울해진 눈을 위해서 그나마 다행스럽게도 시체 같은 두개골은 수많은 컬이 교만 방자함을 뽐내는 금색 가발에 가려져 있었다. 게다가 귀에 매달린 금귀고리, 앙상한 손가락에 낀 빛나고 멋진 보석 반지들, 여자의 목에 걸린 보석 목걸이처럼 반짝이는 시곗줄이나 이 환상적인 인물의 여성적 교태가 자못 강렬하게 느껴졌다. 끝으로 일본의 우상 같은 푸르스름한 입술은 해골의 웃음처럼 얼어붙은 웃음, 차갑고 섬뜩한 웃음을 머금고 있었다. 동상처럼 소리나 미동이 없는 일본 우상은 어느 공작 부인의 상속자들이 재산 목록을 작성하다 우연히 서랍에서 찾아낸 낡은 드레스의 사향 냄새를 풍겼다. 노인이 사람들 쪽으로 눈을 돌리면 희미한 빛조차 되쏘지 못하던 그의 눈알이 마치 보이지 않는 어떤 힘으로 움직이는 것 같았다. 그러다가 노인의 눈이 딱 멈추면 그 눈을 주시하던 사람들은 과연 눈이 움직이긴 했나 의심했다. 이런 인간의 유골 곁에서 목과 팔과 가슴을 하얗게 드러낸 젊은 여자를 보다니! 몸매는 아름다움으로 충만하고 파릇파릇했고, 순백의 이마 위에 가지런한 머리칼은 사랑을 불러일으켰고, 눈은 빛을 흡수하는 게 아니라 오히려 감미롭고 신선한 빛을 내뿜었으며, 곱슬곱슬한 머리칼이 경쾌하고 숨결은 향긋해서 그 어두운 그림자, 산송장 상태의 남자에게는 너무 무겁고 너무 단단하고 너무 생생해 보였다! 아, 그것은 정녕 죽음과 삶, 내 관념, 상상의 아라베스크, 상반신은 완벽한 여성이지만 나머지 절반은 흉측한 키메라였다.

"하지만 세상에서 흔히 보는 결합이지."라고 나는 혼잣말을 했다.

"저 사람한테 무덤 냄새가 나요." 기겁한 젊은 여자는 자신을 지켜 달라는 듯 내게 달라붙으며 소리쳤다. 격한 몸짓으로 보아 잔뜩 겁먹은 모양이었다. "끔찍한 광경이네요." 그녀가 말을 이었다. "더는 여기 못 있겠어요. 더 쳐다보다간 죽음이 몸소 날 데리러 왔다는 생각이 들 것 같아요. 그런데 살아 있긴 한가?"

여자들이 강렬한 욕망이 일 때 발휘하는 과감함으로 그녀는 기이한 형체에 손을 갖다 댔다. 하지만 노인에게 손을 대자마자 따르라기 같은 비명이 들려왔고 그녀의 모공에서 식은땀이 배어 나왔다. 새된 목소리는, 그것도 목소리로 친다면, 말라붙다시피 한 목구멍에서 나왔다. 그 외침 뒤로 곧 발작적이고 특이한 울림을 가진 어린이의 밭은기침 소리가 들렸다. 그 소리에 마리아니나, 필리포, 랑티 부인이 우리를 쏘아봤는데 눈총이 따가운 섬광 같았다. 젊은 여자는 센강에라도 뛰어들고 싶은 심정이었으리라. 그녀는 내 팔을 붙잡고 규방 쪽으로 나를 이끌었다. 남녀 모두가 길을 터 주었다. 여러 개의 응접실을 거쳐 끝에 도달하자 우리는 작은 반원형의 방으로 들어갔다. 내 동행은 겁에 질려 부들부들 떨며 그곳이 어딘지도 모른 채 긴 의자에 몸을 던졌다.

"부인, 미쳤군요." 내가 말했다.

"하지만 그게 제 탓인가요?" 잠깐 침묵한 후 그녀가 쏘아붙였다. 침묵이 흐르는 짧은 동안에도 나는 여자를 바라보며 감탄했다. "대체 왜 랑티 부인은 집 안에 유령이 돌아다니도록 놔두는 거죠?"

"이런, 바보처럼 구시는군요. 그깟 키 작은 노인네가 유령이라뇨."

"조용히 하세요." 자신이 옳다고 우길 때 모든 여자가 취하는 강경하고 비꼬는 태도로 그녀가 말했다. "어머, 예쁜 규방이네!" 그녀는 주위를 둘러보다가 외쳤다. "벽걸이 천으로는 청색 새틴이 딱 어울려요. 산뜻해! 아! 아름다운 그림이에요." 그녀가 자리에서 일어나 멋진 액자에 끼워진 그림 앞으로 가며 계속 말했다.

한동안 우리는 어떤 초자연적인 붓으로 그린 듯한 경이로운 작품을 감상했다. 사자 가죽 위에 누운 아도니스를 그린 그림이었다. 규방 한가운데에 매달린 순백색 대리석 램프가 은은히 비춘 덕분에 우리는 그림의 아름다움을 구석구석 감상할 수 있었다.

"과연 이런 완벽한 존재가 있을까요?" 윤곽의 절묘한 우아함, 자세, 색채, 머리칼, 요컨대 모든 것을 훑어본 다음 그녀가 흡족한 미소를 감추지 못하며 내게 물었다.

"남자라기엔 너무 아름다워요." 그녀는 경쟁자인 여성을 살피듯 그림을 살펴보고 덧붙였다.

오! 그 순간 나는 예전 어느 시인이 내게 믿게 하려고 헛되이 애썼던 그 질투의 고통을 어찌나 느꼈던지! 예술가들이 모든 것을 이상화하는 원칙에 따라 인체의 아름다움을 과장하는 판화, 그림, 조각상에 대한 질투였다.

"초상화랍니다." 내가 대답했다. "비앵[15]의 솜씨예요. 하지만 그 위대한 화가도 실물을 본 적은 없답니다. 그러니까 이 인물화가 여자의 조각상을 보고 그린 것이라는 사실을 알면 부인의 감탄이 조금 시들해질 텐데요."

"대체 누구죠?"

나는 망설였다.

"알고 싶어요." 그녀가 완강하게 채근했다.

"제가 알기로 이 아도니스는 음…… 음…… 랑티 부인의 친척을 그렸습니다." 하고 나는 답했다.

그림 감상에 넋이 나간 그녀를 보는 일은 고통스러웠다. 그녀가 잠자코 자리에 앉자 나도 따라 앉으며 손을 잡았지만 그녀는 전혀 알지 못했다! 초상화에 밀려 잊히다니! 이때 적막 속에서 드레스를 사각거리며 여자의 가벼운 발소리가 들려왔다. 우리는 앳된 마리아니나가 들어오는 것을 보았다. 여전히

---

15) 조제프마리 비앵(Joseph-Marie Vien, 1716~1809)은 18세기 프랑스의 화가이자 조각가로 신고전주의 양식을 발달시켰다.

기품보다는 천진한 표정과 깨끗한 화장으로 더욱 눈부신 모습이었다. 음악 살롱에서 우리를 도망치게 만든 그 산송장이나 다름없는 노인을 어머니처럼 다정하고 자식처럼 효성스레 부축하면서 조심스레 걷고 있었다. 힘없이 느릿느릿 발을 옮기는 노인을 근심스레 지켜보며 길을 안내했다. 두 사람은 벽걸이 천에 가려진 문까지 간신히 다다랐다. 그곳에서 마리아니나가 가볍게 문을 두드렸다. 곧, 마법처럼, 집안의 수호신이라 할 만한 마르고 훤칠한 남자가 나타났다. 이 신비한 보호자에게 노인을 맡기기 전 소녀는 공손히 산송장에 입을 맞추었고, 그녀의 순결한 애무는 소수의 특권을 가진 여성만이 비법을 아는 우아한 교태가 없지 않았다.

"아디오, 아디오!"[16] 더할 나위 없이 귀여운 어조로 젊은 목소리가 말했다.

그녀는 심지어 마지막 음절에 나직하지만 기막힌 룰라드[17]까지 덧붙였는데 시적인 표현으로 마음의 감격을 토로하려는 듯했다. 그러자 문득 회상에 젖은 노인이 그 은밀한 골방 문턱에 멈춰 섰다. 그때 깊은 침묵 덕분에 우리는 노인의 가슴에서 새어 나오는 무거운 한숨 소리를 들을 수 있었다. 노인은 해골처럼 앙상한 손가락에 낀 반지 중 가장 아름다운 반지를 빼어 마리아니나의 품에 넣어 주었다. 철부지 소녀는 깔깔대

16) 프랑스어의 '아듀(adieu)'에 해당하는 이탈리아어. 원문에 이탤릭체로 표기된 이탈리아어는 이국정서를 드러내기 위한 작가의 의도된 장치라고 생각하여 소리 나는 대로 옮겼다.
17) 꾸밈음의 일종으로 두 개의 중요 선율에 삽입된 빠른 경과음.

며 반지를 꺼내 장갑 낀 손가락에 끼고는 때마침 콩트르당스의 전주가 울려 퍼지는 살롱 쪽으로 급히 달려갔다. 그녀가 우리를 발견했다.

"아! 여기 계셨네요." 그녀가 얼굴을 붉히며 말했다.

탐색하듯 우리를 훑어본 후 그녀는 나이답게 무심하고 쾌활한 태도로 춤을 추러 뛰어갔다.

"대체 그게 무슨 뜻이죠?" 내 젊은 동행이 물었다. "남편인가요? 꿈을 꾸는 것 같아요. 여긴 어디에요?"

"당신이!" 나는 답했다. "부인, 당신이 흥분하다뇨. 가장 알아차리기 힘든 감정까지 그렇게 잘 간파해 남자의 마음속에 가장 섬세한 감정을 싹트게 하고 첫날부터 시들지도 꺾이지도 않게 키워 가는 요령을 아는 당신이, 마음의 고통을 동정하고, 파리지엔의 재치에다 이탈리아나 에스파냐에 값하는 열정적인 영혼까지 겸비한 당신이……."

그녀는 내 말에 신랄한 조롱이 섞여 있음을 간파했다. 그래서 대수롭지 않다는 듯 내 말을 가로막았다. "아! 멋대로 나를 규정하네요. 희한한 횡포예요! 내가 나 아닌 딴사람이 되길 바라는군요."

"아! 아무것도 바라지 않습니다." 나는 그녀의 정색하는 태도에 움찔해 외쳤다. "어쨌든 매혹적인 남쪽 여인들이 우리 마음속에 싹틔운 뜨거운 연애 이야기를 듣고 싶은 것은 사실이잖습니까?"

"맞아요. 그래서요?"

"그럼 내일 저녁 9시쯤 댁으로 찾아가 비밀을 밝혀 드리겠습니다."

"아뇨." 그녀가 짓궂게 대꾸했다. "지금 당장 알기를 원해요."

"'원해요'라고 하실 때 그 말에 복종할 권리를 아직 제게 주시지 않았습니다."

"지금." 꼼짝 못 하게 만드는 애교로 그녀가 응수했다. "그 비밀을 알고 싶은 욕구가 지금 가장 강렬해요. 내일이면 당신 이야기를 안 들을지도 몰라요……."

그녀는 미소 지었고, 우리는 헤어졌다. 그녀는 여전히 자신만만하고 가혹했으며, 나는 늘 그렇듯 여전히 바보 같았다. 오만하게도 그녀는 젊은 부관과 왈츠를 추었고, 나는 화를 내고, 토라지고, 감탄하고, 사랑하고, 질투하며 그 자리에 머물렀다.

"내일 봐요." 새벽 2시쯤 무도회를 떠나며 그녀가 말했다.

'안 갈 테다.' 나는 생각했다. '그리고 널 단념할 거야. 상상했던 것 이상으로 넌…… 천배는 더 변덕스럽고 제멋대로군.'

다음 날 우리 둘은 아담하고 우아한 살롱의 따뜻한 불 앞에 있었다. 그녀는 2인용 소파에 앉았다. 나는 그녀 발치 가까이 쿠션 위에 앉았고, 내 눈이 그녀의 눈 아래에 있었다. 거리는 고요했다. 등불이 은은한 빛을 뿌렸다. 영혼에 더없이 감미로운 저녁, 결코 잊을 수 없는 순간, 평온과 욕망 속에 흘러간 시간, 훗날 우리가 더 큰 행복을 누릴 때도 두고두고 아쉬워할 그런 시간 가운데 하나였다. 사랑을 처음 간구하는 그 강렬한 감정의 흔적을 누가 지울 수 있을까?

"자, 얘기해 보세요." 그녀가 말했다.

"하지만 차마 입이 떨어지지 않네요. 이 사건엔 이야기하는 사람에게 위험한 대목들이 있습니다. 만일 제가 흥분하면 입을 다물라고 말씀해 주세요."

"말씀하세요."

"분부대로 하겠습니다."

"에르네스트장 사라진은 프랑슈콩테 지방 검사의 외아들이었습니다." 나는 잠시 뜸을 들이다가 말을 이었다. "부친은 나름 정직한 방식으로 6000에서 8000리브르가량의 연금을 모았는데, 당시만 해도 법률가의 재산치고 지방에서 상당한 금액이었습니다. 사라진 영감은 하나뿐인 자식의 교육에 무엇 하나 아끼지 않았습니다. 아들을 법관으로 만들고 오래오래 살아 늘그막에는 생디에 지방 농부 마티외 사라진의 손자가 백합 문장이 새겨진 판사석에 앉아 고등 법원 최고의 영광을 위해 공판 중에 꾸벅꾸벅 조는 모습을 보는 게 소원이었습니다. 그러나 하늘은 검사에게 이러한 복을 허락지 않으셨죠. 일찌감치 예수회에 맡겨진 어린 사라진은 예사롭지 않게 괴팍한 성깔을 드러냈습니다. 그는 수재다운 유년기를 보냈습니다. 공부는 마음이 내킬 때만 하고, 반항을 일삼았으며, 때론 친구들이 노는 모습을 구경하느라 때론 호메로스의 영웅들을 머릿속에 그리느라 몇 시간씩 어수선한 생각에 잠기기 일쑤였습니다. 어쩌다 기분 전환 삼아 놀이를 할 때는 남다른 열정을 쏟아부었어요. 친구와 다툼이 생기면 피를 보지 않고 싸움을 끝내는 일이 좀처럼 없었죠. 힘에서 달리면 물어뜯었어요. 적극적인가 하면 소극적이고, 소질이 없나 싶다가도 지나치게 영특한 기이한 기질 탓에 친구들은 물론이고 선생들마저 그를 두려워했어요. 그리스어의 기초를 다지는 대신에 투키디데스의 한 구절을 설명하는 신부의 모습을 그리고, 수학 선생, 학생 주임, 시종, 훈육 선생을 스케치하고, 형체를 분간하기 힘든 밑그림으로 벽을 도배했지요. 성당에서는 하느님의 은총을 찬양하는 대신에 미사 내내 걸상 깎는 일을 즐겼답니다. 나무토막이라도 몰래 훔치면 거기다 성인의 형상을 새기곤 했습니다. 나무나 돌, 목탄이 없으면 하다못해 빵 조각으로라도 머릿속의 생각을 표현했습니다. 성가대석을 장식한 그림에서 인물들을 따오든 즉흥적으로 그리든 늘 앉은 자리에 조잡한 그림을 남겼는데 가장 젊은 신부들도 그 외설스러움에 두 손을 들 정도였답니다. 험담꾼들이 하는 말로는 나이 먹은 예수회 수도사들이 그 그림들을 보고 히죽댔다더군요. 학교 기록에 따르면 성금요일에 고해 성사 차례를 기다리는 동안 큰 나무토막을 깎아 그리스도 형상을 만들었다는 이유로 결국 쫓겨났습니다. 조각상에 새겨진 불경함이 도를 넘어 예술가를 벌하지 않을 수 없었던 거죠. 꽤 추잡스러운 조각상을 글쎄 성당 감실 위쪽에 버젓이 올려놨다지 뭡니까! 아버지에게서 떨어질 저주의 불호령을 피하려고 사라진은 피난처를 찾아 파리에 왔습니다. 어떤 역경에도 굴하지 않는 강한 의지를 지닌 그는 자신의 천재성이 명하는 대로 부샤르동[18]의 화실에 들어

18) 에듬 부샤르동(Edmé Bouchardon, 1698~1762)은 신고전주의에 앞장선 18세기 조각가이자 데생 화가로 고대 조각의 찬미자였다.

갔지요. 종일 일하고 밤이면 생계를 구걸하러 다녔습니다. 젊은 예술가의 발전과 재능에 탄복한 부샤르동은 곧 제자의 딱한 처지를 알게 되어 그를 후원하고 아끼며 아들처럼 돌봤습니다. 그러다가 미래의 재능이 젊음의 혈기와 맞서 싸우는 작품 중 하나를 통해 사라진이 천재성을 입증하자 사람 좋은 부샤르동은 늙은 검사의 호의를 되찾아 주기 위해 애썼습니다. 유명한 조각가의 신망 앞에서 아버지의 노여움도 누그러졌지요. 브장송 전체가 위인이 될 인물을 배출했다고 자랑스러워했습니다. 허영심에 들떠 정신을 차리지 못하던 초반에 구두쇠 검사는 아들이 사교계에 화려하게 진출하도록 뒷바라지했습니다. 긴 세월 진득하게 조각을 공부하면서 사라진의 불같은 성정과 거친 천재성도 한동안 잠잠해졌지요. 미켈란젤로의 영혼만큼 단단하게 연마된 젊은 영혼 안에서 정념들이 얼마나 미쳐 날뛸지를 내다본 부샤르동은 계속된 일거리로 그 기운을 다스렸답니다. 사라진이 어떤 생각에 빠져드는 눈치면 일을 중단시키고 기분 전환을 권했고, 정신이 해이해지는 기미가 보이면 중요한 일을 맡겨 그 남다른 격정을 적정선에서 다스렸어요. 하지만 불 같은 영혼을 다스릴 가장 강력한 무기는 온화함이었고, 오로지 아버지 같은 자상함 덕분에 스승은 제자에게 큰 감화를 줄 수 있었습니다. 스물두 살이 되던 해에 사라진은 그의 품행과 습성에 부샤르동이 행사하던 유익한 영향력에서 벗어날 처지가 되었습니다. 예술에 큰 공헌을 한 퐁파두르 부인의 동생 마리니 후작[19]이 제정한 조각상을 받는 바람에 천재성의 무게를 견뎌야 했던 겁니다. 부샤르동

제자의 조각이 걸작이라고 디드로가 추켜세웠지요. 일부러 세상 물정 모르게 놔뒀던 젊은이가 이탈리아로 떠나는 것을 보고 왕실 조각가는 깊은 슬픔이 없지 않았습니다. 여섯 해 전부터 사라진이 부샤르동의 집에서 기식해 왔으니까요. 훗날 카노바[20]가 그랬듯이 예술에 몰두한 그는 새벽같이 일어나 화실에 들어가면 밤이 돼야 나왔고 뮤즈하고만 지냈지요. 코메디 프랑세즈에도 마지못해 스승에게 끌려갔지요. 부샤르동이 소개하려던 조프랭 부인 댁이나 사교계에서는 영 거북해해서 차라리 혼자 있는 쪽을 즐기며 방탕한 시대의 쾌락을 멀리했습니다. 마음을 준 상대라고는 고작해야 조각, 아니면 오페라 극장의 유명한 배우 가운데 하나인 클로틸드뿐이었죠. 게다가 그 연애도 오래가지 못했습니다. 사라진이 어지간히 못생기고 차림새가 늘 엉망인 데다 천성이 워낙 괴팍하고 사생활도 불규칙해서 그 유명한 요정 클로틸드는 뒤탈이 무서워 조각가를 곧 예술에 대한 사랑으로 되돌려 보냈던 것이지요. 소피 아르누[21]가 이에 관해 재치 있는 말을 남겼습니다. 동료인 클로틸드가 어떻게 조각상들을 물리칠 수 있었는지 그게 신기하

---

19) 퐁파두르 부인(Marquise de Pompadour, 1721~1764)은 타고난 미모로 1745년부터 루이 15세의 총애를 받았고, 동생인 마리니 후작(Marquis de Marigny, 1727~1781)은 누이 덕분에 1751년부터 왕실의 건물과 예술 담당 업무를 총괄하며 막강한 영향력을 행사했다.

20) 안토니오 카노바(Antonio Canova, 1757~1822)는 이탈리아 신고전주의 조각가로 나폴레옹 조각상이 유명하다.

21) Sophie Arnould(1740~1802). 재치 있는 언사로 유명했던 18세기 프랑스의 여배우이자 성악가다.

다고 말이에요. 1758년 사라진은 이탈리아로 떠났습니다. 여행하는 동안 구릿빛 하늘 아래 예술의 나라 곳곳에 흩어진 뛰어난 유적을 보고 뜨거운 상상력이 불타올랐습니다. 조각상, 프레스코 벽화, 그림에 감탄하면서 미켈란젤로와 부샤르동 사이에 기필코 자기 이름을 새겨 넣고 말겠다는 경쟁심과 의욕에 불타 로마에 입성했습니다. 그래서 처음 얼마간은 시간을 쪼개 가며 화실에서 작업하거나 로마 곳곳에 널린 예술 작품을 둘러보았습니다. 폐허의 여왕 로마를 대면하는 젊은 상상력을 어김없이 사로잡는 황홀경에 빠져 두 주일을 보낸 어느 날 저녁 그는 아르헨티나 극장에 갔습니다. 엄청난 인파가 몰려 있었지요. 무슨 영문으로 그렇게들 모여 있느냐고 묻자 사람들은 두 이름으로 답했습니다. "잠비넬라! 욤멜리![22]" 그는 극장 안으로 들어가 1층 뒷좌석에 앉았습니다. 꽤 뚱뚱한 두 사제 틈에 끼었지만 꽤 운 좋게도 무대 근처였습니다. 막이 오른 후 그는 장자크 루소[23] 씨가 돌바크 남작이 연 저녁 연회에서 감미롭다고 극찬한 그 음악을 난생처음 듣게 됐습니다. 이를테면 욤멜리의 숭고한 하모니가 젊은 조각가의 감각에 기름을 부은 셈이지요. 절묘하게 어우러진 이탈리아 음색 특유의 애절함이 그를 황홀한 무아경으로 몰아갔습니다. 두 사제 틈에 끼여 부대끼는 것도 잊은 채 잠자코 멍하니 앉아 있었습니

22) 니콜로 욤멜리(Niccolò Jommelli, 1714~1774)는 이탈리아 나폴리악파의 종교 음악가이자 오페라 작곡가다.

23) 장자크 루소는 수학적 화성을 중시하는 프랑스 음악보다 감성에 호소하는 단순한 선율을 강조하는 이탈리아 음악을 더 높이 평가했다.

다. 귀와 눈에 그의 영혼이 스며들었습니다. 마치 모공 하나하나로 소리를 듣는 것 같았지요. 돌연 장내가 떠나갈 듯한 박수갈채가 프리마 돈나의 입장을 반겼습니다. 그녀는 요염하게 무대 전면으로 나와 한없이 우아하게 관객에게 인사했습니다. 조명, 관중의 열기, 무대의 환상, 당시 꽤 매력적이었던 분장의 마력이 여자를 돋보이게 했지요. 사라진은 탄성을 내질렀습니다. 그 순간 그는 이상적인 아름다움에 탄복했습니다. 그때까지 이상적인 아름다움을 완벽하게 구현한 여인상을 자연에서 찾아 헤매며 천박하기 십상인 어떤 모델에게서는 맵시 좋은 다리의 곡선을 구하고, 또 어떤 모델에게서는 가슴의 윤곽을, 다른 여자에게는 새하얀 어깨를 구했지요. 마지막으로 어린 소녀에게서 목을, 이 여인에게서 손을, 저 아이에게서 매끈한 무릎을 취했지만 파리의 차가운 하늘 아래서는 고대 그리스의 풍요롭고 감미로운 창조물을 한 번도 만나 보지 못했습니다. 잠비넬라는 사라진이 그토록 갈망하던 여성성의 절묘한 균형미를 아주 생생하고 섬세한 모습으로 종합해 보여 주었습니다. 조각가야말로 그러한 아름다움의 가장 엄격하고도 가장 열렬한 감식가이지요. 입은 표정이 풍부하고, 눈은 사랑스럽고, 피부는 눈부시게 희었습니다. 화가를 매료할 이런 세목에 그리스인들이 경배하고 조각칼로 다듬은 비너스상의 모든 경이로움을 더해 보세요. 양팔과 상반신의 연결부에서 느껴지는 모방할 수 없는 우아함, 기품 있는 목의 매끈함, 눈썹과 콧날이 빚어내는 조화로운 선, 완벽한 타원형의 얼굴, 또렷한 윤곽의 순수함, 넓고 육감적인 눈시울 아래 휘어진 짙은 속눈썹의 효과를 그는 감탄하고 또 감탄했습니다. 여자 그 이상, 하나의 걸작이었습니다! 이 뜻밖의 창조물에는 세상 모든 남자의 넋을 빼앗고도 남을 사랑과 한 사람의 비평가를 사로잡을 매력이 넘쳐났습니다. 사라진은 마치 그를 위해 받침대에서 걸어 내려온 것 같은 피그말리온의 조각상을 눈으로 집어삼킬 듯 쳐다보았습니다. 잠비넬라가 노래를 부르자 황홀경이었습니다. 예술가는 오한을 느꼈습니다. 그러다가 갑자기 내밀한 존재의 가장 깊은 곳, 적절한 말이 없어 우리가 가슴이라 부르는 곳에서 치솟는 불길을 느꼈습니다! 박수도 잊고 입도 벙긋 못 한 채 그는 어떤 요동, 우리 욕망의 어딘가에 끔찍하고 사악한 구석이 있는 그 나이 때에만 우리를 흔들어 놓는 일종의 광기를 경험했습니다. 사라진은 무대로 뛰어들어 여자를 독차지하고 싶었습니다. 설명할 길 없는 — 그런 현상은 대개 인간이 관찰하지 못하는 영역에서 일어나니까요 — 정신적 좌절로 인해 백배나 증가한 그의 힘이 고통스럽게 치받고 올라오려 했습니다. 누군가 그를 봤다면 아마도 차갑고 둔한 사람이라고 했을 거예요. 명예, 학문, 미래, 존재, 월계관, 모든 게 무너졌습니다. '그녀의 사랑을 얻거나 아니면 죽거나.' 이것이 사라진이 자신에게 내린 판결이었습니다. 넋이 나간 나머지 객석도 관객도 배우도 눈에 보이지 않고 음악 소리도 귀에 들리지 않았습니다. 그뿐 아니라 그와 잠비넬라를 갈라놓는 거리가 사라져 그는 그녀를 차지하고, 그녀에게 고정된 두 눈이 그녀를 낚아챘습니다. 악마와 같은 능력 덕분에 그는 그녀의 목소리에 실린 숨결을 느끼고, 머릿결에 밴 향기로운 분 냄새를 들이마시고, 얼굴의 선들을 구별하고, 보드라운 피부에 비친 푸른 핏줄을 헤아릴 수 있었습니다. 마지막으로 목소리, 경쾌하고 신선하고 청량한 음색의 목소리, 실처럼 유연해서 가벼운 바람으로도 감았다가 풀어내고 펼쳤다 흐트러뜨리며 형체를 빚어내는 그 목소리가 그의 영혼을 너무도 세차게 두들겨 절로 비명이 잇달아 새어 나왔습니다. 인간의 열정으로는 좀처럼 주어지지 않는 발작적인 쾌락이 끌어낸 비명이었지요. 그대로 극장을 나와야 했습니다. 다리가 후들거려 몸을 지탱하기 힘들 지경이었거든요. 걷잡을 수 없는 분노에 휩쓸렸던 신경증 환자처럼 기진맥진한 상태였습니다. 지극한 쾌락을 맛봐서인지 아니면 지극한 고통을 겪어서인지 충격으로 엎어진 항아리의 물처럼 그의 생명이 흘러나왔습니다. 그는 내면의 공허함, 중병을 앓고 난 회복기 환자를 다시 주저앉히는 무기력에 가까운 허탈감을 느꼈습니다.

설명할 수 없는 슬픔에 압도되어 그는 성당 계단에 가 앉았습니다. 거기 기둥에 기대어 꿈결처럼 혼란스러운 깊은 생각에 빠져들었지요. 벼락처럼 정념이 그를 덮쳤던 거지요. 숙소로 돌아온 그는 우리 삶에 새로운 원칙이 생겨났음을 알려 주는 극도의 흥분 상태에 빠졌습니다. 고통만큼이나 쾌락에도 닿아 있는 첫사랑의 열병에 시달리며 그는 기억을 더듬어 잠비넬라를 그리는 일로 조바심과 흥분을 속이려고 했습니다. 일종의 육체적 명상이었던 셈이지요. 어떤 도화지에는 라파엘로나 조르조네 같은 위대한 화가들이 즐겨 그리던 얼핏 차분하고 냉담한 자세의 잠비넬라가 있었습니다. 또 어떤 도화지에서는 룰라드를 마무리하며 살짝 고개를 틀어 자기 목소리를 듣는 것 같았지요. 사라진은 모든 자세로 연인을 그렸어요. 베일을 벗기고, 앉히고, 세우고, 눕히고, 정숙한 모습으로 혹은 사랑에 빠진 모습으로, 우리가 애타게 애인을 생각할 때 머릿속에 들끓는 온갖 잡념을 미친 듯이 연필을 사용해서 표현했지요. 하지만 뜨거운 상념은 늘 그림을 앞질러 갔습니다. 잠비넬라를 만나고, 말을 건네고, 애원하고, 상상할 수 있는 온갖 상황 속에 그녀를 놓아두고, 이를테면 미래를 시험하면서 그녀와 함께할 천년의 삶과 행복을 탕진했습니다. 이튿날 그는 하인을 보내 무대 근처의 칸막이 좌석을 시즌 내내 예약해 두었습니다. 그러고는 굳센 의지를 가진 청년들이 으레 그러듯 자신이 계획한 일의 험난함을 과장했고, 자기 열정을 위한 첫 번째 먹을거리로 아무 훼방 없이 애인을 찬미하는 행복을 제공했습니다. 우리가 우리 감정을 즐기며 제 풀에 행복해지다시피 하는 사랑의 황금기가 사라진에게 오래갈 리 없었죠. 그렇지만 일이 터진 것은 그가 아직 관능적이면서도 지순한 청춘의 환상에 젖어 있을 때였습니다. 아침이면 찰흙을 빚으면서 일주일 남짓 동안 인생 전체를 살았습니다. 베일이며 치마며 코르셋이며 리본 매듭으로 형체가 가려져 있는데도 그는 그녀의 모습을 고스란히 재현하는 데 성공했습니다. 저녁이면 일찌감치 숙소로 돌아와 소파에 혼자 누워 마치 아편에 취한 터키인처럼 여유롭고 넉넉한 행복을 만끽했습니다. 우선 그는 애인의 노래가 불러일으키는 과도한 감동에 점점 길들었습니다. 그다음에는 자기 눈이 그녀를 볼 수 있도록 길들여 첫

날 그를 들쑤셨던 음험한 격정의 폭발을 두려워하지 않고 그녀를 바라보게 되었습니다. 열정은 조용해질수록 깊어졌어요. 게다가 성질 괴팍한 조각가는 온갖 이미지로 들끓고 희망의 환상으로 치장하고 행복으로 넘치는 그의 고독이 동료들에게 방해받는 것을 용납하지 않았습니다. 어찌나 격렬하고 고지식한 사랑인지 처음 춘정에 눈뜰 때 우리를 짓누르는 순진한 망설임으로 머뭇거려야 했지요. 당장 행동에 나서 잠비넬라의 거처를 묻고 어머니나 삼촌, 후견인 혹은 가족이 있는지 알아봐야 한다고 생각하면서도 또 마침내 그녀를 만나 말을 건넬 방안을 궁리하다 보면 야심 찬 생각들로 가슴이 벅차올라 그런 수고들을 차일피일 미루곤 했답니다. 정신적 쾌락과 그에 못지않은 육체적 고통에 행복해하면서 말이죠."

"하지만 이야기에서 아직 마리아니나나 그녀의 키 작은 노인은 보이지 않는데요." 로슈피드 부인이 내 말을 자르며 끼어들었다.

"그 사람만 보시는군요." 나는 극적인 반전 효과를 망쳐 버린 작가처럼 초조해져 소리쳤다. 잠시 쉬었다가 나는 말을 이었다. "벌써 며칠째 사라진이 칸막이 좌석에 연달아 나타난 데다 눈에서 어찌나 사랑이 넘치던지 만일 파리에서 그런 일이 벌어졌다면 그가 잠비넬라의 목소리에 반했다는 소문이 파리에 파다했을 거예요. 하지만 부인, 이탈리아에서는 자기를 위해, 자기 열정을 좇아, 자기가 마음에 둔 관심거리를 위해 공연장을 찾는답니다. 오페라글라스로 다른 사람을 염탐하는 짓은 하지 않고요. 그렇다고 조각가의 광기가 오래도록 성악가들의 눈을 피할 수는 없었지요. 어느 날 저녁 프랑스인은 사람들이 무대 뒤편에서 자신을 비웃는 걸 눈치챘어요. 때마침 잠비넬라가 무대에 등장하지 않았더라면 그가 무슨 극단적인 행동을 저질렀을지 모릅니다. 그녀가 흔히 여자들이 의도했던 것보다 훨씬 많은 것을 말해 주는 의미심장한 눈짓을 사라진에게 보냈지요. 그 눈길은 하나의 계시였습니다. 사라진은 사랑받고 있었어요! '이게 만약 한때의 불장난에 불과하다면……' 벌써 애인의 과도한 애정 표현을 나무라며 그는 생각했지요. '어떤 올가미에 걸려들지 저 여자는 모르는 거야. 그녀의 불장난이 부디 내 평생 계속되기를.' 그때 좌석 출입문을 세 번 가볍게 두드리는 소리가 예술가의 주의를 끌었습니다. 문을 열었죠. 노파 하나가 은밀히 들어왔습니다. '젊은이.' 노파가 말했습니다. '행복해지고 싶으면 신중하게 처신해요. 망토를 두르고 큼직한 모자를 눈 위까지 눌러써요. 그런 다음 밤 10시경 코르소 거리에 있는 에스파냐관 앞으로 오시구려.' '가리다.' 두에나[24]의 쭈글쭈글한 손에 2루이를 쥐여 주며 그가 답했습니다. 알았다는 신호를 보내고 그는 칸막이 좌석을 빠져나왔습니다. 잠비넬라는 마음이 받아들여져 기뻐하는 여자처럼 육감적인 눈꺼풀을 수줍게 내리깔았습니다. 그 뒤에 그는 집으로 달려가 최대한 매력을 돋보이기 위해 몸치장을 할 생각이었습니다. 극장에서 나오니 낯선 사내가 그의 팔을 붙잡았습니다. '자중하시지요, 프랑스 나리.' 사내가 속삭였습니다.

24) duenna. 에스파냐나 포르투갈에서 소녀를 감독하는 부인을 일컫는다.

'목숨이 걸린 문제요. 치코냐라 추기경이 후원자인데 가만 계시지 않을 거요.' 설령 사라진과 잠비넬라 사이에 악마가 지옥의 심연을 파 놓았더라도 그 순간 사라진은 한달음에 뛰어넘었을 겁니다. 호메로스가 그린 불멸의 말처럼 조각가의 사랑은 눈 깜짝할 사이에 광대한 공간을 건넜지요. '문밖에서 죽음이 기다린대도 나는 더욱 서둘러 가겠소.' 그가 응수했습니다. '포베리노!'[25] 낯선 남자가 사라지며 외쳤습니다. 사랑에 빠진 이에게 위험을 말하는 것은 그에게 쾌락을 파는 것이나 마찬가지 아닐까요? 사라진의 하인은 주인이 그토록 몸치장에 공들이는 것을 본 적이 없었지요. 부샤르동에게 선물받은 가장 멋진 검, 클로틸드에게 받은 나비넥타이, 번쩍번쩍한 예복, 은빛 나사 조끼, 금 담뱃갑, 값비싼 회중시계를 궤에서 전부 꺼내 마치 첫사랑 상대 앞에서 서성여야 하는 아가씨처럼 차려입었지요. 약속한 시각이 되자 사랑에 취하고 기대에 들뜬 사라진은 망토에 코를 파묻고 노파가 일러준 약속 장소로 달려갔습니다. 두에냐가 기다리고 있었습니다. '많이 늦으셨네.' 그녀가 말했습니다. '이리 오시게.' 두에냐는 프랑스인을 이끌고 좁은 골목들을 지나 꽤 근사한 저택 앞에 멈춰 섰습니다. 문을 두드렸습니다. 문이 열렸죠. 그녀는 사라진을 이끌고 달빛만이 희부연 계단과 회랑과 미로 같은 방들을 구불구불 통과해 마침내 어느 문 앞에 도달했는데 문틈으로 환한 불빛과 여럿의 즐거운 탄성이 새어 나왔습니다. 노파의 한마디에 밀

25) Poverino. 이탈리아어로 '가엾은 애송이'라는 뜻이다.

실 입장이 허락되었고, 휘황찬란한 조명과 화려한 가구로 꾸민 살롱에 들어서는 순간 사라진은 잠시 눈이 아득했습니다. 살롱 한가운데에 놓인 테이블에는 성스러운 술병과 붉은 단면이 영롱한 작은 병들이 수북했습니다. 그는 극장의 남녀 가수들을 알아봤는데 예술가들은 매력적인 여성들과 어울려 술판을 벌일 준비를 마치고 다들 사라진이 오기만을 기다리고 있었습니다. 사라진은 치밀어 오르는 울화를 누르고 태연하게 행동했습니다. 내심 기대했던 것은 어두컴컴한 방, 화로 옆에 앉은 애인, 곁에서 질투하는 연적, 죽음과 사랑, 마음에서 마음으로 나지막이 오가는 고백, 위험한 입맞춤, 잠비넬라의 머리칼이 욕망으로 뜨겁고 행복으로 불타는 그의 이마를 간지럽힐 만큼 밀착된 두 사람의 얼굴이었으니까요. 그가 외쳤습니다. '광기 만세! 시뇨리 에 벨레 도네,[26] 부디 제게 훗날 설욕의 기회와 가련한 조각가를 맞이한 여러분의 수법에 감사를 표할 기회를 주십시오.' 낯익은 참석자 대다수로부터 환대를 받은 다음 그는 잠비넬라가 태연하게 누워 있는 안락의자로 다가가려 했습니다. 아! 슬리퍼를 신은 귀여운 한쪽 발을 보고 가슴이 얼마나 설레던지요. 감히 말씀드리자면, 부인, 그 슬리퍼는 예전 여인들의 발에 너무나 사랑스럽고 육감적인 매력을 더해 어떻게 남자들이 그 유혹을 이겨 냈는지 의아할 지경이었습니다. 녹색 테두리가 있는 팽팽한 흰 스타킹, 짧은 치마, 앞코가 뾰족하고 굽이 높은 루이 15세 양식의 슬리퍼는 유럽과 성

26) Signori e belle donne. 이탈리아어로 '신사 숙녀 여러분.'이라는 뜻이다.

직자를 타락시키는 데 조금쯤은 이바지했을 겁니다."

"조금쯤이라고요." 후작 부인이 말했다. "그러니까 당신은 읽은 게 아무것도 없나 보군요."

나는 미소를 띠며 말을 이었다. "잠비넬라는 대담하게 다리를 꼬고 위쪽 다리를 까닥거렸는데 그 공작 부인 같은 태도가 변덕스럽고도 부드러운 매력이 있는 그녀의 아름다움과 잘 어울렸습니다. 그녀는 무대 의상을 벗어 던지고 잘록한 허리를 드러내는 코르셋 차림이었습니다. 파란 꽃수를 놓은 새틴 드레스가 넓게 퍼지도록 받쳐 입은 파니에 덕분에 허리가 더 돋보였지요. 레이스의 사치스러운 교태로 보물들을 숨긴 가슴이 순백으로 빛났습니다. 뒤바리 부인[27]처럼 머리를 하고 커다란 모자로 얼굴을 가렸는데도 더욱 사랑스럽기만 했고, 화장용 분이 잘 어울렸습니다. 그런 그녀를 보면 숭배하지 않을 수가 없었지요. 그녀가 조각가에게 우아한 미소를 보냈습니다. 다른 참석자들이 보는 앞에서만 말을 건넬 수 있다는 사실이 못내 아쉬웠지만 사라진은 예의 바르게 옆에 앉아 그녀의 비범한 재능을 칭송하며 음악에 관한 얘기를 나눴지요. 그러나 사랑과 두려움과 희망으로 목소리가 떨렸습니다. '뭐가 두렵습니까?' 극단에서 가장 유명한 남자 성악가인 비탈리아니가 말했습니다. '어서요, 여긴 당신이 두려워할 연적이 한 명도 없어요.' 테너 가수는 조용히 미소 지었습니다. 그 미소는

27) Madame du Barry(1732~1793). 루이 15세의 마지막 애첩으로 풍성한 업스타일 머리를 즐겨 했다.

모든 손님의 입술 위로 번졌고, 그들의 관심에는 사랑에 빠진 사람은 알아채지 못하는 모종의 악의가 숨어 있었지요. 이 선언은 사라진의 심장에 느닷없이 들이박히는 비수와 같았습니다. 강한 정신력을 타고났고 어떤 상황에서도 사랑이 흔들릴 리 없지만 잠비넬라가 창녀나 다름없다는 생각, 소녀의 사랑을 그토록 감미롭게 만드는 순결한 환희와 무대 위 여자의 값비싼 정열을 얻는 대가인 광포한 격정을 동시에 맛볼 수 없다는 생각은 미처 못 해 본 눈치였습니다. 그는 고심하다가 체념했습니다. 저녁 식사가 나왔습니다. 사라진과 잠비넬라는 격의 없이 나란히 앉았습니다. 연회 전반부에는 예술가들이 어느 정도 자제한 탓에 조각가가 여자 가수와 대화를 나눌 수 있었습니다. 그는 여자에게서 재치와 섬세함을 발견했습니다. 하지만 놀랄 만큼 무지하고 나약하고 미신적이었지요. 신체적 민감성은 판단력에서도 그대로 드러났습니다. 비탈리아니가 첫 번째 샴페인의 코르크 마개를 따는 순간 가스 분출로 인해 생긴 작은 폭발음에도 사라진은 곁에 앉은 여자의 눈에서 꽤 격한 두려움을 읽을 수 있었습니다. 사랑에 빠진 예술가는 여성스러운 기질이 무의식적으로 바르르 떠는 모습을 보고 그것을 과도한 감수성의 표지로 여겼습니다. 그 나약함이 프랑스인의 마음을 사로잡았습니다. 남자의 사랑에는 보호 본능이 크게 작용하니까요! '내 힘을 당신의 방패로 삼으세요.' 모든 사랑 고백의 바탕에는 이런 글귀가 적혀 있지 않나요? 아름다운 이탈리아 여인에게 달콤한 밀어나 속삭이기엔 너무 열정적이었던 사라진은 여느 연인과 마찬가지로 심각해졌다가 웃다가 생각에 잠겼다가 했습니다. 다른 손님의 이야기를 듣는 척했지만 실상 그들의 말은 한마디도 귀에 들어오지 않았습니다. 그만큼 가까이에서 그녀의 손을 스치고 시중을 드는 즐거움에 몰두해 있었지요. 은밀한 기쁨 속에서 허우적댄 겁니다. 몇 차례 주고받은 눈길이 많은 이야기를 해 주는데도 그는 잠비넬라가 계속 거리를 두는 데 놀랐습니다. 제 쪽에서 먼저 그의 발을 누르고 사랑에 빠진 방탕한 여자의 짓궂은 태도로 건드려 놓고선 사라진의 사나운 일면을 말해 주는 일화를 듣자 갑자기 소녀처럼 새침하게 몸을 사렸습니다. 저녁 식사가 술자리로 바뀌어 손님들은 페랄타와 페드로 히메네스 포도주에 취해 노래를 시작했습니다. 황홀한 이중창, 칼라브리아의 아리아, 에스파냐의 세기디야, 나폴리의 칸초네타를 불렀지요. 모든 사람의 눈, 음악, 가슴, 목소리에 술기운이 배어 있었습니다. 갑자기 파리의 사교 모임이나 런던의 연회, 빈의 클럽밖에 모르는 이들은 짐작도 할 수 없는 매혹적인 활기, 허물없는 친밀감, 이탈리아식 순박함이 흘러넘쳤지요. 웃음, 불경한 언사, 성모 마리아나 아기 예수를 향한 기도 사이사이로 농담과 정담이 전쟁터의 총알들처럼 오갔습니다. 소파에 누워 잠이 들기도 했습니다. 어떤 소녀는 헤레스 포도주가 식탁보에 쏟아지는 줄도 모른 채 사랑 고백을 듣고 있었습니다. 이런 무질서 한복판에서 잠비넬라는 겁먹은 듯 생각에 잠겨 있었지요. 술은 마다했고, 조금 과식하는 듯했습니다. 그러나 식탐은 여인의 매력이라고들 하지요. 애인의 다소곳함에 감탄하며 사라진은 진지하게 미래를 생각했습니다. '그녀는 결혼을 원할 거야.' 하고 생각했지요. 그래서 그는 결혼의 단꿈을 꾸었습니다. 영혼 깊은 곳에서 그가 찾아낸 행복의 샘을 다 길어 올리자면 한평생도 모자랄 듯했지요. 옆자리에서 비탈리아니가 연거푸 술잔을 채우는 바람에 새벽 3시쯤 사라진은 만취 상태까지는 아니지만 망상을 이겨 낼 힘은 없었습니다. 격정이 끓어올라 순간적으로 여자를 끌고 살롱에 딸린 규방 같은 곳으로 달아났어요. 문은 이미 여러 차례 확인해 둔 뒤였어요. 이탈리아 여자는 단검을 지니고 있었습니다. '가까이 오면 그대의 심장[28]에 이 단검을 찔러 넣을 수밖에 없어. 서리 가! 안 그러면 날 경멸하게 될 테니. 그대의 성품을 너무도 존중하는 만큼 이런 식으로 내 몸을 내주어선 안 돼. 그대가 내게 허락한 감정을 잃고 싶지 않아.' 그녀가 말했습니다. '아! 아.' 사라진이 말했지요. '그건 정열을 잠재우기보다 오히려 더 부추기

---

28) 프랑스어는 2인칭 단수 대명사를 'tu(너), vous(당신)'으로 구별해 사용한다. 친밀함을 표현하는 tu와 공손함을 표현하는 vous의 선택은 관계, 상대방에 대한 태도, 화자 안에서 일어나는 미묘한 감정 변화 등에 따라 결정된다. 사회적 지위의 구분이 엄격한 계급 사회에서 상류 계급은 vous로, 하층 계급은 tu로 서로 호칭했으며, 계급 차이가 있는 경우 서로를 부를 때 같은 호칭을 사용하지 못했다. 그러나 현대로 넘어오면서 계급에 상관없이 친밀감이 형성되면 서로 tu를 사용하고 친밀감이 없는 경우 vous를 사용하는 방식으로 바뀌었다.

사라진과 잠비넬라의 대화에 tu와 vous가 섞여 있어 번역에서도 낮춤말과 높임말을 혼용했다. 한국어 2인칭 대명사에는 '너', '자기', '자네', '당신' 등이 있는데 '자기'는 주로 연인 관계에서 사용하고, '자네'는 윗사람이 아랫사람을 높여 부르는 말이며, '너'는 친구끼리 쓰는 말이라 현대 구어에서는 잘 쓰이지 않지만 tu를 '그대'로 번역했다.

는 나쁜 방법이군. 벌써 그리 타락했나? 마음이 닳고 닳은 젊은 창녀처럼 굴 만큼? 감정을 부추겨 흥정하려고?' '하지만 오늘은 금요일이야.'[29] 프랑스인의 폭력성에 겁먹은 여자가 대꾸했습니다. 사라진은 독실한 신자가 아니었기에 실소를 터뜨렸습니다. 잠비넬라는 새끼 노루처럼 뛰어 연회장으로 달아났습니다. 사라진이 뒤쫓아 들어가자 사악한 웃음이 그를 맞이했습니다. 잠비넬라가 소파에 축 늘어져 있는 것이 보였습니다. 창백했고, 조금 전 엄청난 기력을 소모한 탓에 진이 빠진 모양이었습니다. 이탈리아어를 거의 몰랐지만 사라진은 애인이 비탈리아니에게 나지막이 하는 말은 알아들었지요. '하지만 날 죽이고 말 거야.' 그 기이한 광경은 조각가를 그저 혼란스럽게 했습니다. 정신이 돌아왔습니다. 처음에는 우두커니 있다가 말을 되찾고 애인 곁에 앉아 그녀에 대한 경배를 맹세했지요. 여자에게 뜨겁디뜨거운 말들을 쏟아 놓으면서 열정을 가라앉힐 여유를 찾았습니다. 그래서 그는 사랑을 토로하기 위해 마법 같은 웅변술의 보물을, 여성들이 웬만해선 믿을 수밖에 없는 그 친교의 대변자를 활용했습니다. 새벽 여명이 밝아 오자 한 여자가 프라스카티[30]에 가자고 제안했습니다. 루도비시 별장에서 하루를 보내자는 생각에 다들 뜨거운 환호로 응했지

29) 가톨릭에서는 예수의 십자가 수난일인 성금요일을 기억하기 위해 모든 금요일에 금육을 권한다.
30) 로마에서 남동쪽 20킬로미터 거리에 있는 휴양지로 추기경 루도비코 루도비시(Ludovico Ludovisi, 1595~1632)가 그림과 고대 미술품을 보관하기 위해 1620년 그곳에 별장을 지었다.

요. 비탈리아니가 마차를 빌리러 내려갔습니다. 운 좋게도 사라진은 잠비넬라와 페이튼 마차에 함께 탔지요. 저마다 잠과 씨름하느라 한동안 가라앉았던 분위기가 로마를 벗어나자 갑자기 되살아났습니다. 남녀가 모두 그런 기이한 삶, 끊임없는 쾌락, 앞뒤 가리지 않고 인생을 웃고 떠드는 영원한 축제로 여기는 예술가적 충동에 길들어 있는 듯했습니다. 조각가와 함께 탄 여자만이 혼자 의기소침해 보였습니다. '몸이 안 좋아요?' 사라진이 물었습니다. '집으로 돌아가는 게 좋겠어요?' '전 이런 무절제를 감당할 만큼 강인하지 못해요. 조심해야 해요. 하지만 당신 곁에 있으니 정말 좋군요! 당신이 없었다면 저녁 식사에도 남지 않았을 거예요. 하룻밤만 새워도 생기를 잃거든요.' 그녀가 대답했습니다. '너무나 섬세하군요.' 매혹적인 피조물의 귀여운 모습을 보고 사라진이 말을 이었습니다. '떠들썩한 파티는 목을 상하게 해요.' '이제 우리 둘뿐이고, 내 격정이 끓어 넘칠까 두려워할 필요도 없으니 사랑한다고 말해 줘요.' 예술가가 외쳤습니다. '왜요?' 그녀가 응수했습니다. '무슨 소용이 있다고요? 절 예쁘게 보셨겠지요. 하지만 당신은 프랑스 남자라 금세 감정이 식을 거예요. 아! 제가 사랑받고 싶어 하는 대로 당신이 절 사랑하는 건 아닐 거예요.' '뭐라고요!' '속된 욕정 없이 순수하게 말이에요. 저는 여자들을 싫어하지만 그보다는 남자들을 더 극도로 혐오할 거예요. 저는 우정에서 피난처를 찾아야 해요. 저에게 세상은 사막이랍니다. 전 저주받은 피조물이에요. 그래서 행복을 이해하고 느끼고 갈망하도록 태어났지만 다른 많은 이가 그렇듯이 늘 행복이 제게서 달아나는 걸 지켜볼 수밖에 없어요. 부디 기억해 주세요, 선생님, 제가 당신을 속인 게 아니란 걸. 당신이 절 사랑하는 걸 금하겠어요. 당신의 힘과 성품을 찬미하니 헌신적인 친구가 되어 드릴 순 있어요. 제게 필요한 건 남자 형제, 보호자예요. 저를 위해 이 모든 것이 되어 주세요. 그러나 그 이상은 아니에요.' '당신을 사랑하지 말라니!' 사라진이 부르짖었습니다. '하지만 소중한 천사여, 그대는 내 목숨이자 행복인걸!' '제가 한마디만 하면 질겁하며 밀어낼걸요.' '애교스럽군! 난 아무것도 두렵지 않아. 말해 봐요, 그대 때문에 내 미래를 망치고, 두 달 안에 목숨을 잃고, 그대에게 입 맞추었다는 것만으로 저주를 받는다고.' 잠비넬라가 뜨거운 입맞춤을 피하려고 애썼지만 기어코 그는 여자에게 입을 맞추었습니다. '말해 봐요, 그대는 마귀이고, 내 재산, 내 이름, 내 명성 전체를 노린다고! 내가 조각가가 아니길 바라나? 말해 봐요.' '만약 내가 여자가 아니라면?' 청아하고 부드러운 목소리로 잠비넬라가 가만히 물었습니다. '멋진 농담이군!' 사라진이 외쳤습니다. '예술가의 눈을 속일 수 있다고 믿나요? 벌써 열흘 전부터 그대의 완벽함을 탐식, 탐색, 탐미하지 않았나요? 이렇게 동글고 부드러운 팔, 이 우아한 곡선은 여성만의 것이지. 아하! 칭찬을 바라는 거군요.' '숙명적인 아름다움이여!' 그녀는 슬프게 미소 짓고 중얼거렸습니다. 그녀는 눈을 들어 하늘을 보았습니다. 순간 그 눈에 어찌나 강력하고 생생한 공포의 표정이 어리던지 사라진은 몸을 떨었습니다. '프랑스 나리.' 그녀가 말을 이었습니다. '한때의 광기는 영영 잊으세요. 당신을 존경해요. 하지만 제게 사랑 따윈 기대하지 마세요. 그런 감정은 제 마음에서 식어 버렸어요. 제겐 마음이 없어요.' 그녀가 울부짖었습니다. '당신이 절 보았던 그 무대, 박수갈채, 음악, 제게 강요된 영광, 그게 제 삶이고, 다른 삶은 없어요. 몇 시간 후면 당신은 저를 더 이상 같은 눈으로 보지 않을 테고, 당신이 사랑하는 여자는 죽었을 거라고요.' 조각가는 대꾸하지 않았습니다. 마음을 짓누르는 소리 없는 분노에 사로잡혀 있었지요. 이글거리는 눈으로 그 특별한 여자를 바라볼 뿐이었습니다. 가련함이 스민 목소리, 슬픔과 우수와 절망이 어린 잠비넬라의 몸짓, 자태, 거동이 그의 영혼 속에서 열정의 모든 풍요로움을 일깨웠습니다. 말 한 마디 한 마디가 자극제였습니다. 때마침 프라스카티에 도착했지요. 마차에서 내리는 애인을 부축하기 위해 팔을 내밀며 예술가는 그녀가 바들바들 떨고 있는 것을 느꼈습니다. '무슨 일이오? 나쁜 뜻은 없었지만 혹시라도 실례를 범했다면 날 죽여 주오.' 하얗게 질린 여자를 보고 그가 외쳤습니다. '뱀!' 도랑을 따라 미끄러지는 풀뱀을 가리키며 그녀가 말했습니다. '저런 끔찍한 짐승이 무서워요.' 사라진은 발로 뱀의 머리를 짓이겼습니다. '어쩜 그리 용감하신지!' 죽은 파충류를 바라보며 겁에 질린 기색으로 잠비넬라가 말했습니다. '자, 이래도 여자가 아니라고 우길 셈이오?' 예술가가 미소를 지으며 말했습니다. 그들은 일행과 합류해 당시 치코냐라 추기경 소유지인 루도비시 별장의 숲을 산책했습니다. 사랑에 빠진 조각가에게 그날 아침은 쏜살같이 지나갔지만 나른하고 무기력한 영혼의 교태, 나약함, 귀염성을 말해 주는 자잘한 사건들로 점철된 아침이었습니다. 그녀는 느닷없는 공포, 이유 없는 변덕, 본능적인 불안, 근거 없는 대담함, 허세, 달콤한 감정의 섬세함을 지녔지요. 이런 일도 있었습니다. 신이 나서 들판을 쏘다니던 가수 일행이 먼발치에서 완전 무장을 하고 암만 봐도 마음을 놓을 수 없는 행색을 한 남자 몇 명을 발견했습니다. '산적이다.' 하는 말에 다들 다급하게 추기경 소유의 별장으로 몸을 피했습니다. 그 위기의 순간에 사라진은 잠비넬라의 창백한 안색을 보고 그녀가 다리에 힘이 빠져 걸을 수 없다는 걸 알아차렸습니다. 그래서 번쩍 안고 한참을 뛰었지요. 근처 포도밭에 이르러 사라진은 애인을 내려놓았습니다. '설명해 줘요.' 그가 말했습니다. '다른 여자에게선 그런 극도의 나약함이 역겹고 불쾌하고 조금만 티 나도 내 사랑이 식을 텐데 어떻게 당신은 나를 기쁘게 하고 내 마음을 사로잡는지?' 그는 말을 이었습니다. '아, 얼마나 당신을 사랑하는지! 당신의 모든 결점, 당신의 두려움, 당신의 소심함이 왠지 모를 우아함을 당신의 영혼에 더하는군요. 억센 여자, 사포[31] 같은 여자, 기운과 정열이 넘치는 용맹한 여자라면 싫을 것 같소. 오, 가냘프고 달콤한 피조물이여! 그대가 어떻게 달리 존재할까? 천사의 목소리, 이 섬세한 목소리가 그대 아닌 다른 몸에서 나왔다니 가당찮은 일이지.' '당신에게 아무런 희망도 줄

---

31) Sappho(기원전 612?~기원전 570?)는 레스보스섬에서 활약한 고대 그리스를 대표하는 여류 시인이다. 그 이름을 딴 '사피즘'과 고향 레스보스에서 유래한 '레즈비언'이란 용어에서 알 수 있듯 여성 동성애의 대명사로 통한다.

수 없어요.' 그녀가 말했습니다. '남들의 웃음거리가 될 테니 그런 식으로 말하지 마세요. 극장에 오는 걸 막을 도리는 없지만 절 사랑한다면, 아니 현명한 분이라면 다시는 찾아오지 말아요. 제 말을 들으세요.' 그녀가 진지한 목소리로 말했지요. '오, 아무 말 말아요!' 도취한 예술가가 말했습니다. '장애물은 내 마음의 사랑을 키울 뿐이에요.' 잠비넬라는 기품 있고 정숙한 태도를 지켰지만 불길한 일이 생길 것 같은 끔찍한 예감에 입을 다물었지요. 로마로 돌아갈 시간이 되자 그녀는 위압적일 만큼 차가운 태도로 조각가에게 파에톤 마차로 혼자 돌아가라고 명하고 4인승 베를린 마차에 올라탔습니다. 돌아오는 길에 사라진은 잠비넬라를 납치하기로 마음먹었습니다. 그는 꼬박 하루 동안 허황하고 허황한 계획을 세웠습니다. 날이 저물었을 때 그는 애인이 사는 대저택이 어딘지 수소문하러 나서다 문간에서 동료 한 명과 마주쳤습니다. '이보게.' 동료가 말했죠. '오늘 저녁에 자네를 초대하라는 대사의 명을 받았다네. 대사관저에서 멋진 음악회가 열리는데 잠비넬라도 온다는 걸 알면…….' '잠비넬라!' 이름을 듣고 극도로 상기된 사라진이 소리쳤습니다. '나는 그녀에게 푹 빠졌다네!' '자네도 다른 사람과 똑같군.' 동료가 대답했습니다. '자네와 비앵, 로테르부르, 알레그랭[32]이 내 친구라면 연회가 끝나고 날 좀 도와주게.' 사라진이 부탁했지요. '추기경을 죽인다거나 아니

32) 필리프자크 드 로테르부르(Philippe-Jacques de Loutherbourg, 1740~1812)는 풍경화가이고, 크리스토프가브리엘 알레그랭(Christophe-Gabriel Allegrain, 1710~1795)은 조각가다.

면……' '아냐, 아냐.' 사라진이 말했습니다. '신사답지 않은 일은 부탁도 하지 않네.' 순식간에 조각가는 계획을 실행하기 위한 만반의 준비를 끝냈습니다. 그는 대사관저에 가장 늦게 도착한 편에 속했지만 로마에서 가장 담대한 베투리노[33] 가운데 한 명이 몰고 힘센 말들이 끄는 마차를 타고 왔지요. 대사관저가 북새통이라 참석자 모두에게 낯선 인물인 조각가로서는 잠비넬라가 노래하는 살롱까지 가기도 쉽지 않은 일이었습니다. '여기 있는 추기경과 주교, 사제에 대한 예의 때문이겠지요?' 사라진이 물었습니다. '그녀가 남자 옷을 입고, 머리를 싸매는 망을 뒤에 달고, 짧은 곱슬머리를 하고, 옆구리에 칼을 찬 게 말입니다.' '그녀라니! 누구 말이오?' 사라진의 말을 들은 노귀족이 되물었습니다. '잠비넬라 말입니다.' '잠비넬라?' 로마 귀족이 말을 이었습니다. '농담이오? 어디서 오셨소? 언제 여자가 로마의 극장 무대에 오른 적이 있소? 교황령에서 여자 역을 맡는 게 어떤 피조물들인지 모른단 말이오?[34] 잠

33) Vetturino. '말몰이꾼'이라는 뜻의 이탈리아어.

34) 고음을 내기 위해 물리적 거세를 당한 남성 성악가 카스트라토가 교황청 성가대에 처음 입단한 것은 1599년의 일이다. 클레멘스 8세는 "오직 신의 영광"을 위해서라는 조건으로 카스트라토를 공인했다. '교황청의 공인' 이후 이탈리아 전역에서 거세 수술이 대유행했고 이탈리아, 그중에서도 특히 나폴리 왕국은 카스트라토의 본거지라는 오명을 쓰게 된다.

교황 인노켄티우스 11세(1676~1689 재위)와 그 후계자들은 "교황령 안에서는 성가대는 물론이고 극장에서도" 여성이 노래하는 것을 금지했다. 결국 교회뿐 아니라 오페라 극장에서도 카스트라토를 향한 수요가 폭발했다.

17세기에서 18세기에 이르는 230여 년 동안은 말 그대로 '카스트라토의 황금시대'였다. 카스트라토는 인기를 얻고 '천사'로 칭송받았지만 '괴물'로

비넬라에게 목소리를 준 사람이 바로 나라오, 선생. 저 별종을 위해 모든 비용을 대 주고 성악 수업료까지 냈다오. 그런데 은혜를 잊고 내 집에 발을 끊었단 말이지! 어쨌거나 저 아이가 출세한 건 순전히 내 덕이라오.' 키지 공작은 분명히 긴말을 늘어놓았겠지만 사라진은 그의 말을 듣고 있지 않았습니다. 끔찍한 진실 하나가 영혼을 관통해 버렸지요. 벼락을 맞은 것 같았습니다. 이른바 남자 가수라는 자에게 눈을 고정한 채 꿈쩍도 하지 않았습니다. 이글거리는 그의 시선이 잠비넬라에게 자석과 같은 효력을 발휘했지요. 무지코[35]가 갑자기 사라진 쪽으로 시선을 돌렸고, 그러더니 그 천상의 목소리가 달라졌거든요. 그는 몸을 떨었습니다! 마치 무지코의 입술에 붙들려 있는 듯 보이던 청중 쪽에서 반사적인 웅성거림이 터져 나오자 그는 결국 무너지고 말았습니다. 노래를 멈추고 주저앉았지요. 그 전부터 피후견인의 눈이 향하는 쪽을 엿보던 치코냐라 추기경은 그때야 프랑스인을 발견했습니다. 추기경이 몸을 숙이고 보좌관 중 한 명에게 조각가의 이름을 묻는 듯했습니다. 원하던 답을 얻자 찬찬히 예술가를 살펴본 뒤 추기경이 명령을 내리자 사제가 재빨리 사라졌습니다. 그사이 마음이 진

폄훼되기도 했다. 청중의 환호에 둘러싸여 돈과 명성을 얻은 카스트라토는 극히 일부에 불과했다. 카스트라토로 활동했던 이들은 말년에 돌봐 주는 가족 없이 쓸쓸하게 생을 마치는 경우가 많았다. 『카스트라토의 역사』(일조각, 2013) 참고.

35) 직업 음악가를 뜻하던 무지코(musico)라는 이탈리아어가 18세기경에는 카스트라토를 완곡하게 지칭하는 데 사용되었다.

정된 잠비넬라는 멋대로 중단했던 노래를 다시 시작했습니다. 그러나 노래는 형편없었고 온갖 청원에도 불구하고 다른 곡을 부르기를 거부했습니다. 그런 변덕스러운 까탈을 부린 건 그때가 처음이었죠. 나중에야 그의 재능과 목소리와 미모 덕분에 모았다는 어마어마한 재산 못지않게 그런 횡포로도 유명해졌지만 말입니다. '저건 여자야.' 혼자라고 생각한 사라진이 말했습니다. '어떤 숨겨진 음모가 있는 거야. 치코냐라 추기경이 교황과 로마 전체를 속이는 거라고!' 곧장 살롱을 빠져나간 조각가는 친구들을 불러 모아 관저 앞뜰에 매복시켰습니다. 사라진이 떠나자 안도한 잠비넬라는 다소 진정되는 눈치였습니다. 자정 무렵 무지코는 적을 찾아 헤매는 남자처럼 살롱들을 배회하다 모임을 빠져나왔습니다. 막 관저 문을 나서려던 순간 여러 명의 남자에게 보기 좋게 붙들려 손수건 재갈을 입에 문 채 사라진이 빌려 놓은 마차에 실렸지요. 공포로 얼어붙은 잠비넬라는 꼼짝 못 하고 한쪽 구석에 처박혔습니다. 죽음의 침묵을 지키는 예술가의 무시무시한 얼굴이 바로 눈앞에 있었습니다. 가는 길은 짧았습니다. 사라진에게 납치된 잠비넬라는 곧 어둡고 황량한 화실로 옮겨졌습니다. 반죽음 상태의 남자 가수는 여자 조각상을 보고 자기 모습을 알아봤지만 감히 쳐다보지 못한 채 의자에 앉아 있었습니다. 말 한마디 뱉지 않았는데도 이가 덜덜 떨렸습니다. 겁에 질려 굳어 있었어요. 사라진은 성큼성큼 방 안을 거닐었습니다. 돌연 그가 잠비넬라 앞에 멈춰 섰습니다. '사실대로 말해.' 잠기고 갈라진 목소리로 그가 물었습니다. '그대는 여자인가? 치코냐라 추기경이…….' 잠비넬라는 무릎을 꿇고 대답 대신 고개를 숙였습니다. '아, 넌 여자야.' 실성한 예술가가 외쳤습니다. '왜냐하면 아무리…….' 그는 말을 맺지 못했어요. '아냐, 남자라면 그렇게까지 저급할 리 없지.' 그가 말을 이었습니다. '아, 살려 주세요.' 잠비넬라가 울음을 터뜨리며 외쳤습니다. '그저 동료들을 즐겁게 해 줄 생각으로 당신을 속이는 데 동조한 것뿐이에요. 재밋거리를 찾길래.' '재미.' 악마처럼 쩌렁쩌렁한 목소리로 조각가가 대답했습니다. '재미, 재미라고! 감히 네 따위가 남자의 정열을 농락했단 말이지, 네가.' '아, 제발.' 잠비넬라가 대답했지요. '넌 죽어 마땅해.' 사라진이 사납게 검을 뽑으며 외쳤습니다. 차가운 멸시를 드러내며 그가 계속 말했습니다. '그렇지만 단검으로 네 존재를 헤집어 본들 죽여야 할 감정이나 채워야 할 복수심 같은 걸 찾아낼 수 있을까? 넌 아무것도 아니야. 남자거나 여자라면 널 죽일 테지! 하지만…….' 사라진은 혐오감에 진저리를 치며 고개를 돌려야 했고, 그러다 조각상을 보았습니다. '그리고 이건 허상이야.' 그가 울부짖었습니다. 그러더니 잠비넬라 쪽으로 몸을 돌리고 말했어요. '여자의 마음은 내게 안식처였고 고향이었어. 널 닮은 누이들이라도 있나? 없군. 그렇다면 죽어! 아냐, 살려 두겠어. 목숨을 살려 두면 죽음보다 더 끔찍한 일을 겪을 테지? 내가 안타까워하는 건 내 피도 내 생명도 아닌 내 마음의 미래와 운명이야. 하찮은 네 손이 내 행복을 뒤엎어 버렸지. 대체 네게서 어떤 희망을 빼앗아야 네가 짓밟은 온갖 희망을 보상받을까? 넌 나를 네 수준까지 끌어내렸어. 사랑한다, 사랑받는다! 너에게도 나에게도 더는 의미 없는 말이야. 현실의 여자를 보면서 난 줄곧 상상 속의 그 여자를 생각하겠지.' 그는 절망적인 몸짓으로 조각상을 가리켰습니다. '남자인 내 모든 감정에 발톱을 쑤셔 넣고 다른 모든 여자에게 불완전이라는 낙인을 찍을 경이로운 하르피이아[36]를 나는 기억 속에 영원히 간직할 테지! 괴물! 무엇에도 생명을 줄 수 없는 너, 넌 내게서 지상의 모든 여자를 빼앗았어.'

사라진은 겁에 질린 남자 가수의 맞은편에 앉았습니다. 메마른 두 눈에서 흘러나온 굵은 눈물 두 방울이 남자의 뺨을 타고 바닥으로 떨어졌습니다. 분노의 눈물 두 방울, 쓰리고 뜨거운 눈물 두 방울이. '이제 사랑은 없어! 내게서 모든 쾌락, 모든 인간의 감정은 죽었어.' 이렇게 말하자마자 그가 망치를 집어 조각상 쪽으로 내던졌는데 너무 세게 던진 탓에 빗맞고 말았습니다. 자신의 광기가 만들어 낸 기념물을 부쉈다고 믿은 그는 이제 남자 가수를 죽일 작정으로 칼을 휘둘렀습니다. 잠비넬라는 찢어지는 듯한 비명을 질렀습니다. 그때 남자 셋이 들이닥쳤고 조각가는 돌연 세 번의 칼침을 맞고 쓰러졌습니다. '치코냐라 추기경의 명이다.' 그중 한 명이 말했습니다. '기독교도다운 자비로군.' 프랑스인이 숨을 거두며 답했습니다. 이 어둠의 밀사들은 잠비넬라에게 후견인이 걱정한다고 일러 주었습니다. 잠비넬라가 풀려나면 태워 가려고 문 앞의

36) 얼굴은 여자이고 몸통은 맹금인 괴물. 어린아이나 죽은 사람의 영혼을 날카로운 발톱으로 낚아채 가는 것으로 묘사된다.

유개 마차에서 후견인이 기다리고 있었지요."

"하지만……." 로슈피드 부인이 물었다. "이 이야기가 랑티가에서 본 그 작은 노인과 무슨 상관이죠?"

"부인, 치코냐라 추기경은 잠비넬라의 조각상을 손에 넣자 그것을 대리석으로 제작했고, 그 대리석 조각상은 현재 알바니 미술관에 소장되어 있습니다. 1791년 그곳에서 랑티 가문이 조각상을 되찾아 비앵에게 똑같이 그려 달라고 부탁했지요. 백 살 노인인 잠비넬라를 보고 난 직후 스무 살의 잠비넬라를 당신에게 보여 준 그 초상화는 훗날 지로데[37]가 그린 「엔디미온」[38]의 모델이 되었답니다. 아도니스에게서 그 전형을 확인하실 수 있었던 거고요."

"그럼 그 남자인지 여자인지 하는 잠비넬라는요?"

"부인, 마리아니나의 종조부일 수밖에요. 이제 짐작하시겠죠, 무슨 연유로 랑티 부인이 재산의 출처를……."

"그만." 고압적인 몸짓으로 그녀가 말했다.

우리는 한동안 가장 깊은 침묵에 잠겼다.

"자, 어떤가요?" 내가 물었다.

"아!" 그녀가 자리에서 일어나 성큼성큼 방 안을 거닐며 외쳤다. 그녀는 다가와 나를 바라보며 갈라진 목소리로 말했다. "당신 때문에 오래도록 삶과 열정을 역겨워하게 됐네요. 괴물

---

37) 안루이 지로데트리오종(Anne-Louis Girodet-Trioson, 1767~1824)이 1793년 살롱에 출품한 「엔디미온의 잠」은 낭만주의 회화의 선구가 되었다.
38) 달의 여신 셀레네가 사랑했던 미소년. 여신은 엔디미온의 완벽한 육신을 독차지하기 위해 그를 산속에 숨겨 두고 영원히 잠들게 했다.

이냐 아니냐의 차이만 있을 뿐 인간의 모든 감정도 결국 이렇게 잔인한 환멸로 끝나지 않나요? 어머니는 자식들의 못된 행실이나 냉담함에 좌절하죠. 아내는 배신을 당하고요. 애인은 홀대당하고 버림받죠. 우정이라! 과연 그런 게 존재할까요? 만일 인생의 폭풍우 한가운데서도 끄떡없는 바위처럼 버틸 재간이 없다면 당장 내일이라도 독실한 신자가 되겠어요. 기독교도의 미래가 여전히 환상이라 해도 적어도 그 환상은 죽고 난 후에나 무너질 테니까요. 혼자 있게 해 주세요."

"아, 벌주는 방법을 아시는군요." 나는 말했다.

"제가 틀렸나요?"

"네." 나는 일종의 객기를 부리며 대꾸했다. "이탈리아에서는 꽤 알려진 이 이야기를 마치며 부인께서 현대 문명의 진보를 높이 평가할 수 있도록 한 말씀 올리겠습니다. 이제는 그곳에서도 그런 불행한 피조물을 만들지 않는답니다."

"파리는 그야말로 환대의 땅이지요. 온갖 것을 받아들이니까요, 더러운 재산이든 피 묻은 재산이든 상관없이요. 이곳에선 범죄와 파렴치도 보호권을 누리고 동정을 받지요. 경배받지 못하는 건 미덕뿐이에요. 그래요, 순수한 영혼들의 나라는 하늘에 있어요! 누구도 저를 안다는 말은 못 할 거예요! 저는 그것이 자랑스럽답니다."

그리고 후작 부인은 생각에 잠겼다.

1830년 11월, 파리.

샤베르 대령

뒤 샤스텔레 가문 출신의
이다 드 보카르메 백작 부인에게*

---

* 이다 드 보카르메(Ida de Bocarmé, 1797~1872)는 발자크의 열렬한 독자였다. 벨기에의 유서 깊은 귀족 출신 화가인 그녀는 1843년 2월 발자크와 친분을 맺은 뒤 페르디낭 드 그라몽의 그림을 토대로 『인간극』에 묘사된 귀족 가문의 문장 예순다섯 장을 그렸다. 이 작품들은 프랑스 학술원 도서관의 로방줄 컬렉션에 보관되어 있다.

"이런! 또 지겨운 구닥다리 캐릭[1]이잖아."

한탄을 내뱉은 이는 법률 사무소에서 **도랑 뜀꾼**[2]이라고 불리는 법률 서기였다. 빵 조각을 우적우적 씹던 그는 빵의 속살을 조금 떼어 공처럼 뭉치더니 기대고 선 창문 위쪽의 여닫이창 밖으로 장난하듯 내던졌다. 그것은 마침 비비엔 거

---

1) 여러 겹의 케이프가 달린 긴 영국식 외투. 18세기 말부터 프랑스에서 유행했으며 주로 마부들이 착용했다.

2) '뛰다(sauter)'와 '도랑(ruisseau)'을 합친 말로 법률 사무소에서 잔심부름을 돕는 사환을 가리킨다. 파리에 하수 시설이 정비되기 전 여기저기 심부름을 다니려면 길가의 도랑창을 뛰어다녀야 해서 생긴 말이다. 발자크는 대학에서 법학을 공부하고 두 해 동안 소송 대리인 사무실에서 서기로 일했고, 그의 작품에는 법률 서기들의 은어가 자주 등장한다.

리에 자리 잡은 소송 대리인[3] 데르빌 선생네 안마당을 지나는 낯선 남자의 모자를 맞춘 후 십자 창틀 높이만큼 튀어 올랐다.

"이런, 시모냉, 사람들한테 장난 좀 치지 말게, 그렇잖으면 쫓아내겠네. 아무리 가난한 의뢰인이라도 어쨌든 인간이잖나, 젠장!" 1등 서기[4]가 소송 비용 청구의 합산을 멈추고 말했다.

도랑 뜀꾼이란 시모냉처럼 대체로 열서너 살가량 되는 심부름꾼을 이르는 말인데, 어느 사무소에서나 수석 서기의 특별 책임하에 집행관에게 영장을 전달하거나 법원에 재판 청구서를 송달하는 일 뿐만 아니라 수석 서기의 잔심부름과 연애편지 전달까지 도맡았다. 품행으로 보면 파리의 부랑아였고, 타고난 운명으로 보면 소송꾼이었다. 거의 언제나 야박하고, 염치없고, 버릇없고, 입담 세고, 빈정대고, 욕심 많고, 게으른 아이다. 그러나 또 거의 언제나 이 어린 서기들에게는 그들이 벌어 오는 삼사십 프랑의 월급을 나눠 쓰며 6층 꼭대기[5]에 세 들어 사는 노모가 딸려 있기 마련이었다.

"인간이라면서 그럼 왜 구닥다리 캐릭이라고 부르세요?" 선생의 실수를 꼬집는 초등학생처럼 시모냉이 따져 물었다.

---

3) 과거 프랑스에서는 소송 대리인과 변호사의 업무가 분리되어 소송 대리인은 소송 절차 업무를 담당하고 변호사는 법정 변론을 맡았다. 이 소송 대리인 제도는 2012년 폐지되었다.

4) 1등 서기, 수석 서기, 우두머리 서기라는 명칭은 모두 작중 인물 부카르를 가리킨다.

5) 19세기 파리의 아파트는 층에 따라 임대료가 달랐다. 가장 저렴한 꼭대기 층에는 주로 가난한 예술가나 학생, 독거노인이 거주했다.

그리고 시모냉은 창틀에 어깨를 기대고서 다시 빵과 치즈를 먹기 시작했다. 뻐꾸기 마차[6]의 말들처럼 그도 한쪽 다리를 들어 다른 쪽 다리의 신발 앞코에 올려놓고 선 채로 휴식을 취하기 때문이다.

"저 되놈을 어떻게 골려 주지?" 고데샬이라는 3등 서기가 한참 청구서의 논리를 짜다가 멈추고 나지막이 말했다. 청구서의 등본[7]은 4등 서기가, 사본은 시골 출신의 두 신입이 작성 중이었다. 그러고서 고데샬은 즉흥 연주를 이어 나갔다. "……**허나, 고귀하고 자애로우신 현명함으로, 루이 십팔 세**[8](숫자는 전부 글자로 풀어 써요, 응! 등본을 작성하는 박식한 데로슈 나리!) **국왕 폐하께서 왕국의 통치권을 회복해 다시 집정하실 적에 깨달으신 것은**(그 어릿광대 뚱보가 무얼 깨달았을까?) **신의 섭리에 따라 부여받은 고귀한 사명이었습니다!**……(느낌표 뒤에 점 여섯 개. 재판소가 워낙 종교적이니 점을 그 정도는 찍어 줘야지.) **아울러 아래에 명시한 왕**

---

6) 18세기 말에서 19세기 초에 파리 외곽을 달리던 4~6인승의 이륜 소형 마차를 가리키는 속어. '뻐꾸기(coucou)'라는 명칭은 노란 색깔과 삐걱거리는 소리가 뻐꾸기 울음소리와 비슷한 데서 유래했다.

7) 원본 전부를 큰 글씨로 베낀 문서를 말하며, 어떤 사유로든 원본의 전부 또는 일부를 베낀 문서를 통틀어 사본이라고 한다. 등본은 권한이 있는 자만이 작성하고 발급하지만 사본은 누구나 만들 수 있다. 당시 페이지 수에 따라 등본과 사본의 발급 수수료가 달라졌기 때문에 서기들이 일부러 큰 글씨로 적거나 길게 늘여 써서 요금을 부풀리기도 했다.

8) 혁명 와중에 단두대에서 처형당한 루이 16세의 동생이 이십삼 년의 망명 생활 끝에 루이 18세(1814~1824 재위)라는 이름으로 왕위를 차지한 것은 나폴레옹 체제가 몰락한 1814년의 일이다.

령[9])의 일자를 통해 알 수 있듯이 국왕 폐하께서 맨 처음 구상하신 것은 그것이 국유 재산에 속하든 왕국의 일반 재산이나 특별 재산에 속하든 아니면 공공시설 교부금에 속하든 상관없이 수많은('수많은'이라는 건 아첨인데 틀림없이 법원에서 좋아할 거야.) 충신에게 그들의 모든 비매각 자산을 반환함으로써 프랑스 혁명기에 벌어진 끔찍하고 참담한 재앙이 초래한 불행들을 바로잡는 일이었고, 우리로서는 그것이 바로 저 높고 공명한 왕령의 정신이자 의미임을 옹호할 합당한 자격을 갖추었고, 또한 마땅히 자격을 요구할 수 있음을 주장하는바 왕령이 공표된……. 잠깐만." 고데샬이 세 명의 서기에게 말했다. "이 망할 놈의 문장으로 페이지가 다 찼어." 그러고는 인지를 붙인 두꺼운 서류를 넘기려고 종이 뒷면을 혀로 적시며 고데샬이 말을 이었다. "글쎄, 그자를 골탕 먹이려면 이렇게 말해야지, 새벽 2시부터 3시까지만 소장님이 의뢰인을 받는다고. 오나 안 오나 두고 보자고, 그 늙은 악당이!" 이윽고 고데샬은 문장을 다시 이어 갔다. "공표된……. 준비됐소?" 그가 물었다.

"네." 세 명의 필사자가 소리쳤다.

청구서와 잡담과 음모, 모든 것이 한꺼번에 이루어졌다.

"공표된……. 엉? 부카르 영감님, 왕령의 일자가 어떻게 되나요? 분명하게 밝혀 둬야죠, 빌어먹을! 페이지 수를 늘려야죠."

"빌어먹을!" 수석 서기 부카르가 대답하기도 전에 필사자 한 명이 복창했다.

---

9) 1814년 12월 공표된 루이 18세의 왕령. 혁명 정부가 몰수한 망명 귀족의 재산을 원소유자에게 반환하도록 규정했다.

"뭐라고, '빌어먹을'을 받아썼단 말이오?" 신참 하나를 바라보며 고데샬이 점잖고도 짓궂은 투로 소리쳤다.

"그럼요. 이렇게 썼어요. '분명하게 밝혀 둬야죠, 비러먹을.' '비러'라고 썼어요." 4등 서기가 옆 사람의 사본을 들여다보고 고해바쳤다.

서기들이 모두 폭소를 터트렸다.

"뭐요! 위레 씨, '빌어먹을'을 법률 용어로 알다니, 그러고도 모르타뉴[10] 출신이라고 하다니!" 시모냉이 고함쳤다.

"싹 지워요." 수석 서기가 말했다. "만일 소송 비용 산정 담당 판사가 이따위 것을 봤다면 '웬 잠꼬대냐!'[11]라고 했을 거요. 자칫 소장님에게 화가 미칠 수 있어요. 자, 그런 바보짓은 관두시오, 위레 씨! 노르망디 출신이 허투루 청원서를 쓸 순 없지! 법원 서기의 '앞에총!'[12] 자세인데 말이오."

"연도가…… 연도가?" 고데샬이 물었다. "말해 줘요, 몇 년이죠, 부카르?"

"1814년 6월."[13] 수석 서기가 일에서 눈을 떼지 않은 채 대답했다.

---

10) 노르망디 지방의 소도시. 노르망디 사람들은 따지기를 좋아하는 특성 때문에 법률 용어에도 능하리라는 고정 관념에서 비롯된 말이다.

11) se moque de la barbouillée는 옛날 표현으로는 '날림으로 해치우다', 속어로는 '헛소리하다'라는 뜻이다.

12) 경계 근무를 할 때 기본 총기 휴대 자세다.

13) 망명 귀족의 재산 보상에 관한 왕령의 정확한 날짜는 1814년 12월 5일이다. 스테판 바숑의 해석에 따르면 발자크는 1814년 6월 4일에 반포한 흠정 헌법인 「헌장」과 이 왕령의 날짜를 혼동하고 있다.

사무실 문을 똑똑 두드리는 소리가 장황한 청구서의 문구를 끊어 놓았다. 빈정대는 날카로운 눈과 곱슬곱슬한 머리, 주린 배를 지닌 다섯 서기가 성가대원처럼 한목소리로 "들어오세요." 외치고 문을 향해 코를 들었다. 부카르는 법원식 용어로 허접쓰레기[14] 더미에 얼굴을 파묻고 하고 있던 소송 비용 작성을 계속했다.

사무소는 분쟁 소굴 어디에서나 볼 수 있는 고전적인 난로가 비치된 큰 방이었다. 대각선으로 방을 가로지른 연통이 아궁이를 틀어막은 벽난로와 연결되었고, 그 위 대리석 선반에는 온갖 빵 조각, 세모꼴 브리 치즈, 식은 돼지고기 커틀릿, 유리잔, 병, 수석 서기의 코코아 찻잔이 널브러져 있었다. 이런 음식 냄새가 과열된 난로의 역한 냄새, 책상과 서류 뭉치 특유의 퀴퀴한 곰팡내와 너무도 잘 어우러져 여우의 독한 악취조차 감지하지 못할 정도였다. 바닥은 이미 서기들이 묻혀 온 진흙과 눈 천지였다. 창가에는 수석 서기의 뚜껑 달린 책상이 있고, 그 책상을 등지고 2등 서기를 위한 작은 탁자가 놓였다. 2등 서기는 팔레에 나가 있었다.[15] 아침 8시에서 9시쯤 되

---

14) broutille는 '작은 싹, 잔가지'를 뜻하는 고어로 '쓸모없는 물건, 하찮은 사건'을 비유적으로 이른다.

15) '팔레 드 쥐스티스(Palais de justice, 재판소)'와 '팔레 루아얄(Palais Royal, 왕궁)'을 가리킬 때 쓰는 '팔레'의 중의성을 이용한 말장난이다. 재판소에 일을 보러 간다는 뜻과 팔레 루아얄에 매춘부를 보러 간다는 이중의 의미로 읽힌다. 본래 리슐리외 추기경의 저택인 팔레 루아얄은 리슐리외가 죽은 뒤 왕실 소유가 되어 왕궁으로 불렸다. 이후 팔레 루아얄은 루이 14세의 동생 오를레앙 공작에게 증여되어 오를레앙 가문의 본거지가 된다. 1723년

었다. 사무실에 장식물이라곤 부동산 압류, 매각, 성인과 미성년자의 공유물 분할 경매, 최종 입찰이나 예비 입찰을 알리는 큼지막한 노란 벽보들 — 사무소의 긍지! — 이 전부였다. 수석 서기 뒤쪽으로 천장부터 바닥까지 벽을 가득 메운 커다란 선반이 있었는데, 칸마다 빽빽이 편철한 서류 다발에 매달린 수많은 꼬리표와 빨간 실이 소송 절차 서류의 독특한 외관을 이루었다. 선반 아래 칸에는 오래되어 누렇게 변색하고 푸른 띠가 둘린 종이 상자가 가득했고, 그 상자들 위에는 짭짤한 수입을 올려 주는 큰 사건의 의뢰인 이름이 적혀 있었다. 지저분한 십자 유리창은 빛을 거의 통과시키지 않았다. 하물며 2월에는 파리에서 아침 10시 전에 전등을 켜지 않고 글을 쓸 수 있는 사무소가 거의 없었다. 모든 사무소가 방치되었고 거기에는 그럴 만한 사정이 있었다. 누구나 찾지만 누구도 머무르지 않고, 그런 시답잖은 일에 매달려 봤자 아무런 개인적 이득이 따르지 않았다. 누군가에겐 교실이고 누군가에겐 통로이며 소송 대리인에겐 실험실이라 할 만한 곳이었으나, 소송 대리인도 소송 당사자도 서기도 장소의 품격 따위에는 무관심했다. 때 묻은 집기들이 이 소송 대리인에게서 저 소송 대리인에게로 어찌나 경건하게 양도되는지 일부 사무소에는 여전히 슐레(Chlet)(구체제에서 지금의 1심 법원 역할을 하던 샤틀레

경제난에 허덕이던 루이 필리프 조제프 도를레앙은 이곳에 건물과 회랑을 지어 상인들에게 임대했다. 이때부터 팔레 루아얄은 번화한 상가로 변모했지만 왕가 소유의 건물이라 경찰 출입이 금지된 까닭에 범죄자와 매춘부가 모여드는 일종의 치외 법권 구역이 되었다.

(CHÂTELET)[16]의 줄임말)의 대소인한테 물려받은 폐기 문서 보관함이나 양피지를 묶는 서류 끈, 서류 가방이 남아 있을 정도였다. 다른 모든 사무소와 마찬가지로 먼지투성이의 이 어두컴컴한 사무소도 소송 당사자인 의뢰인들이 보기에 어딘지 역겹게 느껴지는 구석이 있었고, 그로 인해 파리에서 가장 끔찍한 흉물 가운데 하나가 되었다. 향신료의 무게를 달듯 기도의 무게를 달고 값을 흥정하는 교회의 눅눅한 제의실, 축제의 종착점이 어디인지를 보여 줌으로써 삶의 모든 환상을 바스러뜨리는 넝마가 펄럭대는 헌옷 가게. 시의 양대 시궁창인 이 두 곳을 제외하면 사회의 모든 상점 중 가장 끔찍한 장소가 바로 소송 대리인 사무소일 것이다. 하지만 도박장, 재판소, 복권 가게, 매음굴에서도 사정은 마찬가지다. 왜일까? 아마도 그런 장소에서는 인간 영혼 속에서 펼쳐지는 드라마가 부차적인 것에는 무심하게 만들기 때문일지 모른다. 이는 또한 위대한 사상가와 위대한 야심가들의 단순성을 설명하는 것이기도 하다.

"내 주머니칼 어딨지?"

"저는 식사 중입니다."

"저리 꺼져, 청구서에 잉크 얼룩이 졌잖아."

"쉿! 여러분."

이 각양각색의 외침이 한꺼번에 터져 나오는 바로 그 순간,

---

16) 12세기에 세워진 샤틀레는 구체제하에서 법원으로 쓰이다가 1802년 현재와 같은 샤틀레 광장이 되었다.

늙은 의뢰인은 불행한 사람의 몸놀림을 부자연스럽게 만드는 그런 비굴함으로 문을 닫았다. 낯선 남자는 애써 미소를 지었지만 여섯 서기의 차갑고 냉담한 얼굴에서 조금이나마 호의를 찾아보려던 노력이 헛일이 되자 얼굴에서 맥이 풀렸다. 사람을 보는 눈이 있는 듯한 그는 구박데기라면 친절히 응대해 주리라는 기대에서 도랑 뙴꾼에게 아주 정중히 말을 붙였다.

"선생, 소장님을 뵐 수 있겠소?"

심술궂은 도랑 뙴꾼은 "난 귀머거리요."라는 듯이 그저 왼손 손가락으로 귀를 두들기는 것으로 그 불행한 사내의 질문에 답했다.

"무슨 일로 오셨습니까, 선생?" 고데샬은 커다란 대포알만 한 빵 조각을 한입에 넣고 나이프를 휘두르더니 다리를 꼬아 한쪽 발을 자기 눈높이까지 차올리며 물었다.

"이번이 다섯 번째라오, 선생." 방문자가 진득하니 말했다. "데르빌 씨와 이야기하고 싶소."

"일 때문인가요?"

"네, 하지만 직접 뵙고 말씀드려야만……."

"취침 중이십니다. 곤란한 문제로 상담을 원하시면 데르빌 씨는 자정이 돼야 본격적인 업무를 시작합니다. 그러나 저희에게 사건을 말씀해 주시면 저희도 얼마든지 선생께……."

정체불명의 남자는 요지부동이었다. 생소한 부엌에 숨어들며 얻어터질까 움츠린 개처럼 그는 조심스레 주변을 두리번거리기 시작했다. 업무 특성상 도둑 따위는 두려울 게 없는 서기들은 캐릭 코트 차림의 남자를 조금도 경계하지 않고 그가 사무소를 기웃대도록 내버려 두었다. 남자는 피곤한 기색이 역력해 앉을 만한 의자를 찾았지만 아무 소득이 없었다. 소송 대리인들은 일부러 사무실에 의자를 두지 않는 경우가 흔했다. 서서 기다리던 잔챙이 손님이 투덜대며 돌아간다 해도 어느 늙은 대소인의 말마따나 소송 비용으로 정산되지 않는 시간을 허비하는 일은 생기지 않는다.

"선생." 그가 말했다. "이미 말했다시피 내 사건은 데르빌 씨에게만 말할 수 있소. 일어나실 때까지 기다리겠소."

부카르는 합산을 끝낸 뒤였다. 그는 코코아차 향기를 음미하고는 등나무 의자에서 일어나 벽난로 쪽으로 다가가 노인을 위아래로 훑고 캐릭 코트를 쳐다보고서 말도 못 하게 인상을 찌푸렸다. 아무리 쥐어짠들 이 의뢰인에게서 땡전 한 푼 얻어낼 게 없다는 판단이 선 모양이었다. 그래서 성가신 손님을 내쫓을 요량으로 퉁명스레 끼어들었다.

"그들의 말이 사실입니다, 선생. 소장님은 밤에만 일하십니다. 중요한 일이면 새벽 1시에 다시 오시지요."

소송 의뢰인은 수석 서기를 멀뚱멀뚱 쳐다보더니 한동안 꿈쩍도 하지 않았다. 온갖 표정 변화, 소송꾼 특유의 우유부단함, 헛된 망상에서 오는 해괴한 변덕에 익숙한 서기들은 더는 노인에게 아랑곳하지 않고 여물통에서 여물을 먹는 말들이 낼 법한 요란한 턱관절 소리를 내며 식사를 계속했다.

"선생, 저녁에 다시 오리다." 불운한 사람다운 유별난 끈기로 인류의 잘못을 꼬집고 싶었던 노인은 마침내 말했다.

'불운'에 허락된 유일한 에피그램[17]은 정의와 자비를 몰아세워 결국 부당한 거절을 하도록 만드는 것이다. 불의가 있었음을 사회가 인정하게 만든 다음에야 불운한 이들은 더 힘껏 신의 품으로 뛰어든다.

"소문난 골통 아닐까요?" 노인이 문을 미처 닫기도 전에 시모냉이 말했다.

"무덤에서 파낸 시체 같은데요." 막내 서기가 말했다.

"체불 임금을 청구하려는 대령이야." 수석 서기가 말했다.

"아뇨, 전직 간수예요." 고데샬이 말했다.

"내기할까, 귀족인지 아닌지." 부카르가 외쳤다.

"저는 문지기 쪽에 걸겠어요." 고데샬이 응수했다. "문지기만이 저 노인네가 입은 저렇게 꼬질꼬질하고 단이 다 해진 누더기 캐릭을 걸치고 태어날 수 있어요. 못 봤어요? 뒤축이 닳아 물이 새는 장화에다 목도리를 셔츠 대신 두른 꼴을? 다리 밑에서 잤다니까요."

"귀족이면서 문지기였을지 모르죠." 데로슈가 소리쳤다. "그런 일도 있었잖아요!"

"아냐." 왁자지껄한 웃음소리 속에서 부카르가 말을 이었다. "장담컨대 1789년에 맥주 제조업자였다가 공화정[18] 때 대령을 지낸 사람이야."

"아! 군인이 아니라는 데 전원 공연 관람을 걸겠어요." 고데

---

17) 위트와 재치 있는 마무리를 보여 주는 풍자적인 짧은 시.

18) 프랑스 대혁명으로 탄생해 나폴레옹의 황제 등극으로 막을 내린 제1공화정(1792~1804)을 가리킨다.

샬이 말했다.

"좋아." 부카르가 대꾸했다.

"선생님! 선생님?" 막내 서기가 창문을 열고 외쳤다.

"무슨 짓이야, 시모냉?" 부카르가 물었다.

"불러서 대령인지 문지기인지 물어보게요, 본인은 알겠죠."

서기들이 일제히 웃음을 터뜨렸다. 노인은 벌써 계단을 되짚어 오고 있었다.

"뭐라고 할까요?" 고데샬이 소리쳤다.

"내게 맡기게." 부카르가 대답했다.

가엾은 남자는 눈을 내리깔고 조심스레 들어왔는데 너무 허기진 눈으로 음식을 쳐다보다 주린 배를 들킬까 두려운 모양이었다.

"선생." 부카르가 말했다. "성함을 말씀해 주시겠습니까? 혹시 소장님이……."

"샤베르요."

"아일라우 전투[19]에서 죽은 대령?" 여태껏 한마디도 못 해 초조한 위레가 장난에 합세하려고 물었다.

"맞소." 노인이 옛날식으로 짧게 말했다. 그리고 그는 떠났다.

"우아!"

"졌네!"

---

19) 1807년 2월 7일과 8일 이틀에 걸쳐 프로이센의 아일라우에서 프랑스군과 러시아-프로이센 동맹군이 벌인 전투. 거센 눈보라 속에서 고전하던 나폴레옹 군대는 기병대의 활약으로 간신히 승리하지만 그 과정에서 프랑스군 역시 막대한 피해를 입는다.

"우!"

"오!"

"아!"

"헐!"

"아! 늙은 괴짜네!"

"쯧쯧, 라, 라, 쯧쯧, 쯧쯧."

"꼴통!"

"데로슈 씨, 공짜 연극을 보겠네요." 위레가 코뿔소도 때려 잡을 기세로 4등 서기의 어깨를 때리며 말했다.

고함과 웃음과 탄성이 폭포처럼 쏟아져 나온 그 광경을 묘사하려면 온갖 의성어를 총동원해야 할 판이었다.

"어느 극장에 가나요?"

"오페라 극장으로!" 수석 서기가 외쳤다.

"우선 말이죠, 제가 어느 극장이라고는 말하지 않았어요. 뭐, 맘이 내키면 여러분을 사키 부인[20]에게 데려갈 수는 있어요." 고데샬이 말했다.

"사키 부인은 공연이 아니잖아요." 데로슈가 말했다.

"공연이 뭔가요?" 고데샬이 말을 이었다. "사실 관계부터 정리해 보죠. 제가 뭘 내기에 걸었죠, 여러분? 공연입니다. 공연이 뭔가요? 눈으로 볼 수 있는……."

"하지만 그런 식이라면 퐁뇌프 아래 흐르는 강물을 보여 줘

20) 제1제정 시대의 유명한 무용수이자 곡예사인 사키 부인은 탕플 대로의 자기 이름을 건 극장에서 줄타기 곡예와 팬터마임을 공연했다.

도 채무를 이행한 셈이게요?" 시모냉이 말을 자르고 큰 소리로 말했다.

"돈을 내고 보는." 고데샬이 계속해서 말했다.

"하지만 돈을 내고 보더라도 연극이 아닌 게 부지기수예요. 개념이 명확하지 않아요." 데로슈가 말했다.

"글쎄, 내 말을 좀 들어 봐요."

"궤변일세, 친구." 부카르가 말했다.

"쿠르티우스[21]는 공연인가요?" 고데샬이 물었다.

"아니지." 수석 서기가 말했다. "밀랍 인형 전시회지."

"100프랑 걸고 1수[22] 따기 내기를 해도 좋아요." 고데샬이 말을 이었다. "쿠르티우스 전시관은 공연이라는 명칭에 합당한 모든 요건을 갖추었어요. 원하는 좌석별로 가격을 다르게 책정해 볼거리를 제공하잖아요."

"그래서 **쭝알쭝알 쭝얼쭝얼**." 시모냉이 말했다.

"그러다 따귀 맞는다, 너!" 고데샬이 말했다.

서기들이 어깨를 으쓱했다.

"게다가 저 늙은 원숭이가 우리를 놀리는 게 아니란 증거도 없잖아요." 자기 변론이 다른 서기들의 웃음소리에 묻히자 변론을 포기한 고데샬이 말했다. "양심을 걸고 말하건대 샤베르

---

21) 스위스의 해부학자이자 밀랍 조각가인 필리프 쿠르티우스(Philippe Curtius, 1737~1794)는 1770년경 팔레 루아얄과 탕플 대로에 밀랍 작품 전시관을 열었다.

22) 1수(sou)는 20분의 1프랑이다.

대령은 분명히 죽었고, 아내는 국가 참사관[23]인 페로 백작과 재혼했다니까요. 페로 부인은 우리 사무소의 고객 가운데 한 분이고요!"

"이 건은 내일로 미루세." 부카르가 말했다. "일들 합시다, 여러분! 젠장! 도대체 일들을 안 하는군. 빨리 청구서를 마무리해요. 제4법정이 열리기 전에 송달해야 해요. 심의가 오늘이에요. 자, 일합시다."

"만일 그자가 진짜 샤베르 대령이라면 아까 장난꾼 시모냉이 귀머거리 시늉을 할 때 구둣발로 엉덩이를 걷어차지 않았을까요?" 고데샤의 견해보다는 이편이 좀 더 결정적이라고 생각한 데로슈가 말했다.

"아직 정해진 바가 아무것도 없으니……." 부카르가 말을 이었다. "코메디 프랑세즈 극장 3층 칸막이 좌석에 가서 네로 역을 맡은 탈마[24]를 구경하지. 시모냉은 1층 입석[25]으로 가고."

말을 마친 수석 서기가 책상에 앉자 모두 그를 따랐다.

"**일천팔백십사 년 유월**(숫자는 전부 글자로 쓰도록!)에 **공표된**." 고데샤이 말했다. "준비됐소?"

"네." 두 명의 필사자와 등본 작성자가 대답했다. 그들의 펜이 수입 인지를 붙인 종이 위에서 다시 사각사각 날카로운 소

23) 행정 최고 재판소인 국가 참사원(Conseil d'État)의 재판관.

24) 프랑수아 조제프 탈마(François Joseph Talma, 1763~1826)는 라신의 비극 「브리타니쿠스」에서 주인공 네로 황제 역을 맡았던 유명한 배우다.

25) 2층과 3층의 칸막이 좌석과 비교해 극장의 1층 입석 자리는 관람료가 저렴하다.

리를 내기 시작하며 초등학생들에게 잡혀 삼각 봉투에 갇힌 100마리의 풍뎅이 소리로 사무소를 채웠다.

"그리고 원하옵건대 본 법정에 배석하신 제현께서는……." 즉흥 구술자가 말했다. "잠깐! 그 문장을 다시 읽어 봐야지, 나도 헷갈리는걸."

"46…… 이런 일이 자주 있겠지! 46에 3을 더하면 49행이군." 부카르가 말했다.

"청하옵건대." 전문을 훑어본 뒤 고데샬이 말을 이었다. "본 법정에 배석하신 제현께서는 부디 왕령의 존엄하신 발안자[26]에 못지않은 위엄을 갖추시어 레지옹 도뇌르[27] 상훈국 관리과에서 내놓는 파렴치한 주장이 잘못되었음을 밝혀 주시고, 우리가 여기서 확립하는 바와 같은 넓은 의미로 법리를 해석하시어……."

"고데샬 씨, 물 한잔 드릴까요?" 막내 서기가 말했다.

"개구쟁이 시모냉!" 부카르가 말했다. "자, 이 꾸러미를 가지고서 말고삐를 꽉 쥐고 앵발리드까지 쏜살같이 달려가."

"우리가 여기서 확립하는 바와 같은 넓은 의미로 법리를 해석하시어." 고데샬이 계속했다. "이렇게 덧붙이게. 그랑리외 자작 부인(약자로 쓰지 말고 제대로 다 써요.)의 이익을 위해."

---

26) 왕령을 발안한 루이 18세를 가리킨다.

27) 1802년 당시 제1통령이던 나폴레옹이 제정한 훈장으로 조국의 영예를 드높인 군인이나 민간인에게 수여되었다. 수훈자에게 돌아가는 보훈 급여금을 망명 귀족의 몰수 재산으로 충당했기 때문에 귀족 계급의 원성을 샀다. 그랑리외 자작 부인은 혁명기에 몰수되어 레지옹 도뇌르 훈장으로 넘어간 부동산을 반환받고자 데르빌을 고용하여 소송을 벌인다.

"뭐라고!" 수석 서기가 소리쳤다. "사무소가 경비를 부담하는 도급 계약 건인 그랑리외 자작 부인 대 레지옹 도뇌르 사건에 청구서를 낼 작정이었단 말이오? 하, 이런 천하의 멍청이! 청구서 사본과 정본[28]은 따로 보관해 주면 나바랭 가문 대 구제원 사건[29]에 쓰겠소. 시간이 늦었군. 난 사유를 붙여 청구서를 좀 더 작성하다가 직접 법원에 나가 봐야겠어……."

이 장면은 훗날 젊은 날을 떠올리며 "그때가 좋았지!"라고 말하게 하는 천 가지 기쁨 중의 하나를 보여 준다.

새벽 1시경 샤베르 대령을 자칭하는 사람이 찾아와 센[30] 지방법원 제1심 재판소 소속 소송 대리인 데르빌의 문을 두드렸다. 데르빌 씨는 아직 돌아오지 않았다고 문지기가 답했다. 노인은 약속이 잡혀 있다며 젊은 나이에도 법원의 최고 인재 가운데 하나로 꼽히는 유명한 법률가 데르빌의 사무실로 올라갔다. 종을 울린 후 반신반의하던 소송 의뢰인은 수석 서기를 보고 적잖이 놀랐다. 소장의 책상 위에 다음 날 밀어닥칠 많은 사건 서류를 순서대로 정리하느라 분주한 서기도 대령 못지않게 놀라서 인사를 건네고 착석을 권했다. 소송 의뢰인은 시키는 대로 했다.

"솔직히 말해, 선생, 이런 새벽 시간에 면담을 잡길래 어제는 농담인 줄 알았소이다." 몰락한 남자가 쾌활한 척 애써 미

---

28) 정본은 원본 전부를 베낀 문서를 말하며 원본과 같은 효력을 가진다.

29) 나바랭 가문의 재산 역시 혁명기에 몰수되어 구제원으로 넘어갔다. 데르빌은 구제원을 상대로 한 이 사건에서도 승소한다.

30) 당시 센 지역은 파리 지역을 가리켰다.

소를 지으며 말했다.

"서기들은 농담과 진담을 동시에 한답니다." 일손을 늦추지 않은 채 수석 서기가 대꾸했다. "데르빌 씨는 이 시간을 택해서 맡은 사건들을 검토하고 공격 방어 방법[31]을 준비하고 실행을 명령하고 변론 전략을 세웁니다. 묘책을 짜내는 데 필요한 고요와 안정을 얻을 수 있는 유일한 시간이라 이 시간이 되어야 그 비상한 머리가 더 잘 돌아가거든요. 데르빌 씨가 소송 대리인 업무를 개시한 이래 선생은 이 야밤에 주어진 상담에 나타난 세 번째 사례입니다. 소장님은 돌아오면 사건을 하나하나 검토하고 모든 것을 챙겨 읽고 네다섯 시간 일에 몰두할 겁니다. 그런 연후에 종을 울려 저를 부른 다음 의도를 설명합니다. 10시부터 2시까지 오전에는 의뢰인들의 이야기를 듣고 남은 시간에는 사람을 만납니다. 저녁엔 사교계에 나가 인맥을 관리합니다. 그러니 사건을 파고들어 법전의 무기고를 뒤지고 전략을 짤 시간은 밤뿐이지요. 데르빌 씨는 단 한 건의 패소도 원치 않고, 본인의 솜씨에 대한 애정을 가지고 있습니다. 동료들처럼 아무 사건이나 맡지 않아요. 이것이 소장님의 삶이고, 그 분은 특출한 활동력을 가졌죠. 그래서 돈도 많이 벌고요."

노인이 이러한 설명을 잠자코 들으며 그 기괴한 얼굴에 어찌나 백치 같은 표정을 짓던지 서기는 그를 힐끔 쳐다본 후

---

31) 민사 소송에서 원고나 피고가 자기 권리 보호를 요구하기 위해 사용하는 수단 전체. 원고는 그 공격적 신청을, 피고는 그 방어적 신청을 지지하기 위해 주장, 항변, 증거 신청 따위의 진술을 한다.

더는 거들떠보지 않았다. 잠시 후 데르빌이 무도회 복장으로 돌아왔다. 수석 서기는 문을 열어 준 뒤 분류 작업을 마무리하기 시작했다. 빛과 어둠의 대비 속에서 자신을 기다리는 예사롭지 않은 의뢰인을 보자 젊은 소송 대리인은 잠시 어리둥절했다. 샤베르 대령은 고데샬이 동료들을 데려가려던 쿠르티우스 전시관의 밀랍 인형이라고 할 만큼 빳빳하게 부동 자세를 유지했다. 만일 이 부동성이 인물이 온몸으로 보여주는 초자연적인 광경을 완성하지 않았더라면 놀랄 일은 아니었을 것이다. 늙은 군인은 마르고 여위었다. 반질반질한 가발로 일부러 가린 이마가 어딘지 묘한 분위기를 풍겼다. 투명한 막으로 덮인 두 눈은 혼탁해 보였다. 여러분이 그 눈을 보았다면 촛불에 푸르스름한 음영이 어른거리는 더러운 진주층을 떠올렸을 것이다. 핏기 없이 창백하고 칼날처럼 뾰족한 얼굴은 속되게 말하면 시체 같았다. 목에는 조잡한 검은 실크 목도리를 두르고 있었다. 누더기나 다름없는 목도리가 시체 같은 용모의 퇴색된 느낌을 강조했다. 거무스름한 선 아래로는 몸이 짙은 암흑 속에 가려져 상상력이 풍부한 사람이라면 이 늙은 두상을 보고 우연이 빚어낸 실루엣, 혹은 액자 없는 렘브란트의 초상화라고 생각했을 것이다. 노인의 이마를 덮은 모자챙이 얼굴 위쪽에 검은 그림자를 드리웠다. 그 자연스럽지만 기이한 효과는 극적 대비를 통해 얼굴의 하얀 주름, 차가운 굴곡이 시체 같은 용모의 퇴색된 느낌을 강조했다. 요컨대 몸에 아무런 움직임이 없고 눈에 전혀 온기가 없는 이 인물의 특성은 서글픈 치매 증세, 백치가 나타내는 지능 저하의 징후들과 한데 어울려 왠지 모르게 그를 섬뜩하게 만들었다. 그 섬뜩함은 인간의 말로는 표현할 수 없는 것이었다. 하지만 관찰자, 하물며 소송 대리인이라면 오랜 시간을 두고 하늘에서 떨어지는 물방울이 고운 대리석을 움푹하게 만들듯 큰 변고를 겪은 사내에게서 깊은 고통의 신호, 얼굴을 훼손한 궁핍의 표지들까지 알아챘을 것이다. 의사나 작가, 법관이라면 숭고한 흉물의 외관에서 한 편의 긴 드라마를 예감했을 테지만 이 흉물에게도 화가가 친구들과 한담을 나누며 석판[32] 모서리에 재미로 그린 풍자화를 닮았다는 최소한의 장점은 있었다.

소송 대리인을 보자 정체불명의 사내는 사방이 고요한 깊은 밤 느닷없는 소음으로 몽상에서 깨어난 시인처럼 흠칫 몸을 떨었다. 노인은 황급히 모자를 벗어 들고 일어나 젊은이에게 인사를 건넸다. 모자 안쪽에 댄 가죽이 기름때에 절었는지 자기도 모르는 새 가발이 가죽에 들러붙어 끔찍하게 갈라진 두개골이 적나라하게 드러났다. 후두부에서 시작해 오른쪽 눈까지 이어지는 긴 흉터는 두개골 여기저기에 우툴두툴한 봉합 자국을 남겨 놓았다. 가엾은 사내가 상처를 감추기 위해 눌러쓴 더러운 가발이 훌러덩 벗겨진 광경에 두 법률가는 전혀 웃을 기분이 아니었다. 갈라진 두개골은 그만큼 보기에 처참했다. 상처를 보면 맨 먼저 이런 생각이 떠올랐다. '지능이 저리로 달아났구나!'

---

32) 19세기 우후죽순처럼 생겨난 언론과 잡지 덕분에 풍자화에 대한 수요가 급증했으며, 풍자화와 석판화를 결합한 풍자 석판화가 유행했다.

'설령 이자가 샤베르 대령이 아니라 한들 용감한 병사인 건 틀림없어!'라고 부카르는 생각했다.

"선생." 데르빌이 말했다. "실례지만 누구시죠?"

"샤베르 대령이오."

"어느?"

"아일라우 전투에서 죽은 그 샤베르요." 노인이 답했다.

이 해괴한 문장을 듣고 서기와 소송 대리인은 '미치광이로군!' 하는 뜻을 담은 눈짓을 주고받았다.

"선생." 대령이 다시 말했다. "내 신상의 비밀은 선생에게만 털어놓고 싶소."

한 가지 밝혀 둘 것은 본디 소송 대리인들은 담력이 세다는 점이다. 평소에 숱한 사람을 상대해서든 아니면 법의 보호를 받는다는 몸에 밴 인식 때문이든, 아니면 직업에 대한 자신감 덕분이든 성직자나 의사처럼 그들도 아무 두려움 없이 아무 곳이나 출입한다. 데르빌이 신호를 보내자 부카르가 자취를 감췄다.

"선생." 소송 대리인이 말을 이었다. "낮에는 제가 시간에 그리 인색하지 않습니다. 하지만 밤에는 일분일초가 소중합니다. 그러니 간단명료하게 말씀하세요. 에두르지 말고 요점만 말씀하세요. 필요하다고 생각되면 제 쪽에서 설명을 요구하겠습니다. 말씀하시죠."

기괴한 의뢰인을 자리에 앉힌 다음 젊은이는 탁자 앞에 앉았다. 그러나 죽은 대령의 이야기에 주의를 기울이면서도 계속 서류를 뒤적거렸다.

"선생." 사망자가 말했다. "내가 아일라우에서 기병대를 지휘한 사실은 알 겁니다. 뮈라[33]가 이끈 유명한 기병 돌격이 성공한 데는 내 공이 컸고, 그것이 전투의 승패를 결정지었소. 내겐 불행한 일이지만 내 죽음은 『승리와 정복』[34]에 실린 역사적 사실이고, 책에 자세히 기록되어 있소. 우리가 러시아군 3개 대열을 두 동강 냈지만 러시아군이 곧 전열을 재정비하는 바람에 우리는 반대 방향으로 다시 적진에 뛰어들 수밖에 없었다오. 러시아군을 격파하고 황제에게 귀환하던 도중 나는 적군의 기병 본대와 맞닥뜨렸소. 나는 그 끈질긴 놈들에게 달려들었소. 러시아 장교 두 명이, 그야말로 거인 두 명이 동시에 나를 공격했소. 그중 한 놈이 검으로 내 머리를 내리쳐 머리에 쓰고 있던 비단 두건을 벤 다음 두개골을 깊숙이 갈라놓았다오. 나는 말에서 굴러떨어졌소. 나를 구하러 달려온 뮈라가 내 몸을 짓밟고 지나갔소. 뮈라와 부하 1500명 — 약소한 숫자잖소! — 그들 모두가 말이오. 내 죽음이 알려지자 황제는 신중을 기하기 위해(날 좀 아꼈다오, 대장이!) 큰 공을 세운 인물을 구할 가망이 있는지 알고 싶어 했소. 나를 찾아내 야전 병원으로 후송하려고 외과 의사 두 명을 보내며 황제는 워

---

33) 조아킴 뮈라(Joachim Murat, 1767~1815)는 아일라우 전투에서 기병대 예비 병력 1만 700명을 이끌고 러시아군 중심부를 돌파해 위기에 처한 나폴레옹 본대를 구출함으로써 상황을 역전시켰다.

34) 나폴레옹의 치적을 기리기 위해 스물아홉 권으로 출간된 이 책의 정확한 제목은 '1792~1815년 프랑스인들의 승리와 정복, 참패, 패전, 내전(Victoires, conquêtes, désastres, revers et guerres civiles des Français de 1789 à 1815)'이다.

낙 경황이 없다 보니 너무 말을 대충 했다오. '행여라도 가엾은 샤베르가 아직 살아 있는지 가 보게.'라고. 그런데 망할 놈의 의과생들이 두 연대의 말굽에 짓밟힌 나를 발견하고선 필시 내 맥을 짚어 보는 일 따위는 건너뛴 채 내가 죽은 게 확실하다고 전했다오. 그래서 아마 군법에 따라 내 사망 증서가 작성되었을 거요."

의뢰인이 자기 생각을 온전한 정신으로 명료하게 표현하고 이상하긴 하지만 너무도 그럴싸한 사실을 말하는 것은 듣자 젊은 소송 대리인은 서류를 내려놓고 탁자 위에 왼쪽 팔꿈치를 대고는 턱을 괸 채 대령을 응시했다.

"아십니까, 선생." 대령의 말을 끊고 소송 대리인이 물었다. "제가 샤베르 대령의 미망인인 페로 백작 부인의 소송 대리인이란 걸?"

"내 아내! 그렇소, 선생. 하나같이 나를 미치광이 취급하는 법률가들을 찾아가 백방으로 애써 보았지만 아무 소득이 없어서 이렇게 선생을 찾아오기로 마음먹었소. 내게 닥친 불행에 관해서는 차차 말하겠소. 우선은 선생에게 사실부터 밝히고, 그런 일이 실제 어떻게 벌어졌는지보다는 어떻게 벌어졌을 거라고 추측되는지를 설명해 보겠소. 어떤 정황은 오직 성부만이 아시는 까닭에 나로서는 많은 부분을 추측으로 제시할 수밖에 없소. 그러니까, 선생, 내가 입은 상처가 파상풍을 일으켰든지 아니면 경직 상태에 날 빠뜨렸던 모양이오. 왜 강직증이라는 병과 비슷한 상태 말이오. 그러지 않고서야 어떻게 내가 전쟁터의 관습에 따라 벌거벗은 상태로 시체 처리반의 손에 의해 병사용 구덩이에 던져질 수 있었겠소? 여기서 내 죽음이라고 해야 할 그 사건 이후에야 알게 된 세부 사항 하나를 밝혀 두겠소. 1814년 슈투트가르트에서 전에 내 연대에서 근무한 전직 부사관 한 명을 만난 적이 있소. 나를 샤베르로 인정해 주려 한 유일한 사람인데 그 사람 이야기는 나중에 하리다. 이 귀한 사내의 설명에 따르면 내가 기적적으로 목숨을 보전한 이유는 내가 부상한 그 순간 내 말도 옆구리에 총상을 입은 덕분이라오. 카드 쓰러뜨리기 놀이에서처럼 말과 기병이 그렇게 차례차례 넘어졌다오. 오른편인지 왼편인지 아무튼 내가 쓰러질 때 말이 몸으로 나를 가려 줘 다른 말들에게 짓밟히거나 포탄에 맞는 것을 피했소. 정신을 차렸을 때 내가 처했던 상황과 여건에 관해서는, 선생, 내일까지 이야기해도 선생은 짐작도 못 할 거요. 숨 쉴 공기가 부족했고, 공기에서 역한 냄새가 났소. 몸을 움직여 보려 해도 도무지 공간이 없었소. 눈을 떠도 아무것도 보이지 않았소. 공기가 희박하다는 게 가장 걱정되는 일이었는데 그 덕분에 가장 뼈저리게 내 처지를 깨닫게 됐소. 공기가 전혀 통하지 않는 곳에 있다는 걸, 죽게 되리라는 걸 알았소. 그 생각을 하자 나를 잠에서 깨웠던 말 못 할 통증이 싹 사라졌소. 귀에서는 윙윙 엄청난 소리가 났지. 나를 에워싼 무수한 시체가 내지르는 신음을 들었소. 아니 아무것도 단언할 수 없으니 들었다는 착각일지 모르겠소. 당시 일들은 잘 생각나지 않고 기억도 아주 흐릿하지만 당시 내가 실감했을, 그리고 내 생각을 아득하게 만들었던 훨씬 더 깊은 고통의 느낌에도 불구하고 여전히 그 짓눌린 탄식들이 귀에 선한 밤이 있다오! 그러나 비명보다 더 끔찍한 게 있었소. 다른 어디서도 본 적 없는 침묵, 무덤 속의 진짜 침묵이었소. 마침내 양손을 움직여 시체들을 더듬다가 내 머리와 그 위쪽으로 층층이 쌓인 인간 퇴비 더미 사이에서 약간의 틈을 발견했소. 그래서 이유는 모르지만 어떤 우연에 의해 내게 주어진 공간을 가늠해 볼 수 있었소. 아무렇게나 우리를 집어 던질 때 부주의해서 그랬는지 바빠서 그랬는지 시체 두 구가 내 위에 서로 엇갈리게 놓여 있었소. 어린애가 카드로 성 쌓기 놀이를 할 때 카드 두 장을 비스듬히 맞대면 생기는 각도와 비슷했지. 꾸물댈 틈이 없었으니 잽싸게 여기저기 더듬다 요행히 아무것도 달린 것 없이 덩그러니 남은 팔 하나를 발견했소. 헤라클레스의 팔이었소! 요긴한 그 뼈 덕분에 목숨을 건졌소. 그런 천우신조가 아니었다면 죽었을 거요! 하지만 선생도 짐작하다시피 필사적으로 나는 나와 흙더미 사이에 놓인 시체들을 치우기 시작했소. 우리를 흙으로 덮어 놓았던 모양이오. '우리'라고 했군, 꼭 생존자들이 있었던 것처럼! 죽을힘을 다했고, 그 덕에 이렇게 살아 있잖소! 하지만 삶과 나를 갈라놓는 장벽이었던 그 살의 장막을 내가 어떻게 뚫고 나올 수 있었는지 지금도 모르겠소. 팔이 셋 달린 사람처럼 보였을 거요! 그 지렛대를 적절하게 이용해 시체들을 치웠고, 그 틈새로 공기를 조금 더 확보하고 호흡을 아꼈지. 마침내 햇빛을 보았지만 눈 속이었소, 선생! 그 순간 내 머리통이 갈라졌다는 걸 알았소. 다행히 내 피인지 동료들의 피인지, 아니면 말의 찢어진 가죽인지 어찌 알겠소만 어쨌거나 피가 엉겨 붙어 꼭 천연 고약을 발라 놓은 것 같았소. 그렇게 피딱지가 앉았는데도 두개골에 눈이 닿는 순간 정신을 잃고 말았소. 그동안 얼마 남지 않은 체온으로 주변의 눈이 녹았고, 정신을 되찾고 보니 좁은 틈새 한가운데였소. 그 틈새로 할 수 있는 한 오래오래 소리를 질렀소. 하지만 동틀 녘이라 누가 들을 가망은 거의 없었소. 그 이른 시간에 밭에 나올 사람이 어디 있겠소? 나는 허리가 튼튼한 전사자들을 발판 삼아 용수철처럼 딛고 일어섰소. 직감했겠지만 전사자들에게 '불운한 용기에 경의를.'[35] 하고 말할 순간은 아니잖소. 요컨대, 선생, 오랫동안, 아, 정말! 오랫동안이었소! 도통 사람은 안 보이고 목소리만 들리자 그 망할 놈의 독일인들이 달아나는 모습을 지켜보는 아픔…… 아픔이라는 말로 내가 겪은 고통을 표현할 수 있을지 모르겠소만 그 아픔을 겪은 후에 마침내 버섯처럼 땅에서 비죽 솟은 내 머리에 가까이 다가올 만큼 대담했거나 호기심 많은 어떤 여자에 의해 구출됐소. 여자가 남편을 불러와 부부가 그들의 가난한 오두막으로 나를 옮겼소. 강직증이 다시 도졌던 모양이오. 나로서는 전혀 감을 못 잡는 상태를 당신에게 설명하려니 어쩔 수 없이 이런 표현을 쓰는 걸 용서하시오. 하지만 집주인이 한 말에 비춰 보건대 내 생각엔 강직증 증세가 분명하오. 말도 못 하고, 아니 말을 할 때는 헛소리를 하면서 생사의 갈림길에서 여섯 달을 헤맸소. 마침내 집주인이 나를 하일

35) 1805년 10월 울름 전투에서 승리한 나폴레옹이 부상한 오스트리아군 패잔병들에게 모자를 벗고 했다는 말.

스베르크 병원에 입원시켰소. 알겠소, 선생, 흙구덩이에서 나올 때 나는 어머니 배에서 나올 때처럼 알몸이었다오. 그 결과 여섯 달 뒤인 어느 화창한 아침 문득 내가 샤베르 대령이었다는 게 기억났고, 정신을 되찾자 나를 불쌍한 놈 취급하는 보호사에게 좀 더 깍듯한 대우를 요구했더니 같은 방 동료들이 다 같이 웃어 댔소. 다행히 한 외과 의사가 자존심을 걸고서 내 병을 치료해 주겠다고 장담했고, 자연스럽게 자기 환자에게 관심을 두게 됐소. 내 과거 경력에 관해 일관되게 말하니 스파크만이라는 이 선량한 남자는 내가 시체 구덩이에서 기적처럼 빠져나온 경위와 내 목숨을 살린 부부가 나를 발견한 날짜와 시간, 내가 입은 부상의 종류와 정확한 부위를 그 나라의 법률 형식에 맞춰 기록하고, 여러 조서에 내 신상 관련 진술을 첨부해 줬다오. 아! 하지만, 선생, 지금 내 수중에는 내 신원을 밝혀 줄 그 중요한 서류나 하일스베르크 공증인 사무소에서 내가 작성한 신고서가 없다오! 전쟁 통에 도시에서 쫓겨난 날부터 떠돌이 생활을 계속하며 빵을 구걸했고, 내 사정을 이야기하면 미친놈 취급을 당했소. 증서만 있으면 내 말을 입증하고 사회에 복귀할 텐데 돈 한 푼을 구하지도 벌어 보지도 못해 그 증서를 손에 넣지 못하고 있소. 통증 때문에 반년 넘게 작은 도시에 발이 묶인 적도 많았소. 사람들은 병든 프랑스인을 돌봐 줬지만 그 프랑스인이 샤베르 대령이라고 주장하면 이내 코웃음을 쳤다오. 그런 코웃음, 그런 의심이 오랫동안 나를 분노하게 했소. 그 분노가 나를 해쳤고, 슈투트가르트에서는 미치광이로 몰려 감금되기도 했소. 사실 선생도 그리 생각할 거요. 내 이야기를 듣고 보니 감옥에 갇힐 만하다고 말이오! 이 년 동안 강제 구금되어 간수들이 '본인이 샤베르 대령인 줄 아는 딱한 사람이야.'라고 말하면 사람들이 '딱한 사람이군.' 하고 답하는 것을 천 번쯤 들으니 나부터 벌써 내 모험담이 불가능한 이야기라고 확신하게 됐고, 서글프고 허탈하고 의기소침해 샤베르 대령이라고 주장하기를 포기했소. 그건 감옥에서 풀려나 다시 프랑스를 보기 위해서였소. 아, 선생, 파리를 다시 본다! 그런 망상을 나는……."

말을 끝맺지 못한 채 깊은 몽상에 빠진 샤베르 대령을 데르빌은 방해하지 않았다.

"선생, 어느 화창한 날에……." 의뢰인이 말을 이었다. "어느 화창한 봄날에 통행의 자유와 더불어 10탈러[36]가 내게 주어졌소. 무슨 주제에 관해서든 분별 있게 말하고 더는 샤베르 대령이라고 자칭하지 않는다는 게 조건이었소. 맹세코, 그 무렵에도 그렇고 지금도 그렇고 나는 내 이름이 마뜩잖을 때가 많소. 나는 내가 아니었으면 좋겠소. 내 법률상 권리에 관한 생각이 날 괴롭게 만든다오. 지나간 삶의 기억이 병으로 싹 지워져 버렸다면, 그랬더라면 좋았을걸! 다른 이름으로 군대에 다시 들어갔을지도 모르겠소. 누가 알겠소? 어쩌면 오스트리아나 러시아에서 총사령관이 됐을지도 모를 일이고."

"선생." 소송 대리인이 말했다. "머릿속이 복잡하군요. 선생의 이야기를 듣자니 마치 꿈을 꾸는 것 같습니다. 부탁이니 잠

---

36) 독일의 옛 화폐 단위로 3마르크에 해당한다.

시만 멈춰 주세요."

"당신은……." 우울한 어조로 대령이 말했다. "내 말을 참을성 있게 들어 준 유일한 사람이오. 어느 법률가도 소송을 시작하는 데 필요한 서류를 독일에 요청할 수 있도록 나폴레옹 금화[37] 열 닢을 빌려주려 하지 않았소……."

"무슨 소송 말씀입니까?" 의뢰인의 비참한 과거 이야기를 듣느라 그의 고통스러운 현재 상황을 잊고 있던 소송 대리인이 물었다.

"아니, 선생, 페로 백작 부인이 내 아내잖소! 그 여자가 내 몫인 3만 리브르[38]의 연금을 차지했으면서 내게 리아르[39] 두 닢도 주질 않는구려. 소송 대리인이나 분별 있는 사람에게 이런 말을 하면, 거지인 내가 백작 부부를 상대로 소를 제기하겠다고 하면, 죽은 사람인 내가 사망 증서며 혼인 증서며 출생 증서에 이의를 제기하고 나서면, 그러면 그들은 저마다 천성에 따라 나를 내쫓는다오. 가련한 사람한테서 벗어나고 싶을 때면 당신도 그리하듯 차갑고 깍듯한 태도로, 아니면 모사꾼이나 정신병자를 대하듯 매몰찬 태도로 말이오. 과거에 나는 죽은 자들 아래에 매장됐지만 지금은 산 자들, 증서들, 사실들, 그리고

---

37) 나폴레옹 금화는 나폴레옹의 초상이 박힌 20프랑짜리 금화를 가리키지만 넓은 의미로는 20프랑짜리 금화 전체를 가리킨다.

38) 구체제에서 사용되던 화폐 단위 리브르는 주로 국채를 표시할 때 사용했다. 1795년 프랑화를 도입하면서 '81리브르=80프랑'으로 교환했지만 혁명 이후에도 구체제 화폐가 오랜 기간 유통되었다.

39) 가장 작은 단위의 동전으로 4분의 1수에 해당한다.

나를 다시 땅속에 파묻으려 하는 이 사회 아래에 매장됐다오!"

"선생, 부디 이야기를 계속하시죠." 소송 대리인이 말했다.

"부디." 불운한 노인이 젊은이의 손을 부여잡고 울부짖었다. "이런 공대를 받아 본 게 얼마 만인지……."

대령은 울었다. 고마움에 그는 목이 메었다. 대령의 시선과 몸짓, 침묵에 깃든 말로 다 할 수 없는 애절한 웅변술이 데르빌을 설득하는 데 성공했고 강하게 마음을 움직였다.

"있잖습니까, 선생." 그는 의뢰인에게 말했다. "오늘 저녁 도박판에서 300프랑을 땄습니다. 그 절반을 기꺼이 한 남자의 행복을 위해 쓸 수 있습니다. 말씀하신 증서들을 입수하기 위한 소송과 청원을 제가 맡고, 그 서류들이 도착할 때까지 선생께 하루에 100수[40]씩 드리겠습니다. 선생이 샤베르 대령이 맞다면 약소한 금액을 용서하시기 바랍니다. 돈을 모아야 할 청년이 빌려 드리는 거니까요. 말씀 계속하세요."

대령을 자칭한 남자는 한순간 움직이지 않고 멍하니 있었다. 극도의 불행으로 믿음들이 무너져 내렸던 모양이다. 그가 군인으로서의 명예, 재산, 자기 자신을 찾아 나선 이유는 아마도 모든 인간의 마음속에 잠재하는 그 설명되지 않는 감정에 따른 것이리라. 연금술사들의 실험, 명예에 대한 갈망, 천문학과 물리학에서의 발견, 인간이 행적이나 사상을 통해 스스로 증식하면서 성장하게 하는 모든 것이 그러한 감정에서 비롯한다. 그의 머릿속에서 자아는 이제 부차적인 대상일 뿐이었

---

40) 5프랑에 해당한다.

다. 도박꾼에게는 내기에 건 물건이 아니라 성취감이나 승리의 기쁨이 더 소중한 것과 마찬가지 이치다. 그래서 젊은 소송 대리인의 말은 지난 십 년간 아내, 정의, 사회 구성원 모두로부터 거부당한 이 남자에게 기적과 같았다. 그토록 오랫동안, 그토록 숱한 이에게, 그토록 별별 방식으로 거부당한 금화 열 닢을 소송 대리인의 사무실에서 얻다니! 대령은 십오 년 동안 열병을 앓다 일어났다는 어느 부인의 경우와 비슷했다. 병석에서 일어난 그날 부인은 다른 병에 걸린 줄 알았다. 믿기지 않는 기쁨들이 있다. 그런 기쁨이 닥치면 그것은 벼락이 되어 모든 것을 불사른다. 가련한 남자가 느끼는 고마움은 말로 표현되기에는 너무 벅찼다. 피상적인 이들에게는 냉정해 보일지 몰라도 데르빌은 그의 멍한 상태에서 온전한 정직성을 감지했다. 사기꾼이라면 말주변이 좋았을 터다.

"내가 어디까지 말했더라?" 대령이 어린아이나 군인처럼 천진난만하게 말했다. 참된 군인에게는 흔히 어린아이의 면모가 있고, 어린아이에게는 거의 언제나 군인의 모습이 있기 마련이며 프랑스에서는 특히 그렇다.

"슈투트가르트요. 감옥에서 나오셨지요." 소송 대리인이 대꾸했다.

"내 아내를 아시오?" 대령이 물었다.

"네." 고개를 끄덕이며 데르빌이 대답했다.

"아내는 어떻소?"

"여전히 매력적이십니다."

노인이 손사래를 쳤는데 전장의 피와 포화에 단련된 사람답게 신중하고 숙연한 체념으로 어떤 숨겨진 고통을 삼키는 듯했다.

"선생." 약간 들뜬 표정으로 그가 말했다. 이 가련한 대령은 이제야 숨을 쉬고, 무덤에서 다시 빠져나와, 예전에 머리를 얼어붙게 했던 눈보다 더 꽁꽁 언 눈 더미를 막 녹이고, 독방에서 탈출한 사람처럼 숨을 들이켰다. "선생." 그가 말했다. "미남 청년이었더라면 내가 겪은 불행 중 어느 것도 내게 닥치지 않았을 거요. 사랑이라는 말로 그럴듯하게 꾸며 대면 여자들은 곧이듣소. 마음에 든 남자를 위해서라면 백방으로 손을 쓰고 책략을 부리며 사실을 꾸며 내면서 못 하는 짓이 없지. 무슨 수로 내가 여자의 관심을 끌었겠소? 나는 얼굴은 레퀴엠이고 옷차림은 상퀼로트[41]인 데다 프랑스인보다는 에스키모인처럼 생겼으니 말이오. 1799년에는 뮈스카댕[42] 중에서도 최고 멋쟁이로 꼽히고 제국의 백작[43]을 지낸 나 샤베르가 말이오! 결국 길바닥에 개처럼 내던져진 바로 그날 나는 아까 말한 부사관을 만났소. 이름이 부탱이라오. 그 불쌍한 녀석과 나는 여태껏 본 중에서 가장 멋진 한 쌍의 늙은 말이었소. 산책길에 만났소. 나는 알아봤는데 그쪽에선 내가 누군지 짐작도 못 하

41) '퀼로트를 입지 않은'이라는 뜻. 당시 귀족이 입던 무릎까지 오는 반바지(퀼로트) 대신에 노동을 위한 긴바지를 입던 파리 하층민을 가리킨다.

42) 총재 정부 시대(1795~1799)의 멋쟁이 청년.

43) 1807년 2월에 있었던 아일라우 전투의 사망자로 처리된 샤베르가 제국 귀족의 작위를 받는 것은 불가능하다. 제국의 기반을 굳히기 위해 나폴레옹이 대혁명으로 폐지된 귀족제도를 부활한 것은 1808년 3월 1일의 일이기 때문이다. Pierre Citron, *Le Colonel Chabert*(Didier, 1961) 참고.

더군. 우리는 함께 술집에 갔소. 거기서 내가 이름을 댔더니 부탱의 입에서 박격포 터지듯 폭소가 터졌소. 선생, 그 유쾌함이 내게 쓰디쓴 슬픔을 안겨 줬다오. 내게 일어난 모든 변화를 여과 없이 그대로 말해 주었으니까! 그러니까 나는 친구 중에 가장 겸손하고 가장 내게 고마워하는 사람조차 몰라볼 만큼 변한 거요! 예전에 부탱의 생명을 구해 준 적이 있는데 그건 내가 빚을 갚은 거였소. 그에게 어떤 신세를 졌는지는 말하지 않겠소. 사건이 일어난 곳은 이탈리아 라벤나[44]였소. 내가 단도에 찔릴 뻔한 걸 부탱이 구해 준 그 집은 그리 점잖은 집은 아니었소.[45] 당시 나는 대령이 아니라 부탱처럼 그냥 기병이었지. 다행히 둘만 아는 세부 내용이 있어 내가 그 이야기를 언급하자 그의 의심이 줄어들었소. 그다음에 파란만장한 내 삶의 사건들을 이야기했소. 비록 내 눈, 내 목소리가 — 그의 말로는 — 기괴하게 변하고 머리칼도, 이도, 눈썹도 없었지만, 그리고 비록 알비노처럼 하얘졌지만 그가 던진 천 가지 만 가지 질문에 척척 답을 하자 결국 부탱도 이 거지가 대령인 걸 알아봤소. 부탱도 자기가 겪은 일을 말했고, 내 것 못지않게 기구한 이야기였소. 그는 중국 변방에서 오는 길이었는데 시베리아를 탈출한 후 중국으로 들어가려 했다는 거요. 그에게서 러시아 원정 참패[46]와 나폴레옹의 첫 번째 퇴위를 전

44) 1797년 봄 프랑스군은 라벤나를 점령했다.

45) 매춘업소에 대한 암시.

46) 1812년 러시아 원정 참패로 나폴레옹은 권좌에서 쫓겨나 엘바섬에 유배된다.

해 들었소. 내게 가장 가슴 아픈 일 가운데 하나였소! 우리는 두 개의 기이한 잔해였다오. 폭풍우에 휩쓸린 조약돌이 대서양 해안 이쪽에서 저쪽으로 밀려다니듯 지구 위를 그렇게 굴러다닌 거요. 우리 둘이서 이집트, 시리아, 에스파냐, 러시아, 네덜란드, 독일, 이탈리아, 달마티아, 영국, 중국, 타타르, 시베리아를 봤다오. 안 가 본 곳이라곤 인도와 아메리카뿐이었소! 결국 나보다 발이 빨랐던 부탱이 되도록 빨리 파리에 가 아내에게 내가 처한 상황을 알리기로 했소. 샤베르 부인 앞으로 상세한 편지를 썼소. 선생, 네 번째 편지였다오! 내게 혈육이 있었다면 그 모든 일이 벌어지지 않았을 거요. 하지만 선생에게 고백하자면 나는 고아원 아이였고, 물려받은 유산은 담력이고, 세상 사람이 다 가족이고, 조국은 프랑스고, 의지할 이라고는 하느님뿐인 군인이라오! 아니, 틀렸소! 내겐 아버지가 한 분 계시오. 황제 말이오! 아! 그분이 건재하셨으면, 그 귀한 분이! 그분이 그의 샤베르 — 그분은 날 그렇게 불렀다오 — 가 어떤 처지에 놓였는지 보셨더라면! 그럼 그분은 역정을 내셨을 거요. 하지만 어쩌겠소! 우리의 태양은 졌고 지금 우리는 모두 추위에 떨고 있소. 어찌 보면 정치적 사건들이 아내의 침묵을 설명할 수 있을지 모르겠소! 부탱이 길을 나섰소. 그 친구는 운이 좋았다오! 그 친구에겐 아주 훈련이 잘된 흰곰 두 마리가 있었지. 그 곰들이 그를 먹여 살렸다오. 나는 따라나설 수 없었소. 통증 때문에 긴 여행은 어려웠소. 몸 상태가 허락하는 한에서 최대한 멀리까지 그들과 함께 걸은 후 헤어질 때, 선생, 나는 울었소. 카를스루에에서는 심한 두통으로 여인숙 짚 더미에 꼬박 여섯 주나 쓰러져 있었다오! 구걸을 하며 겪은 고초에 대해 다 말하자면, 선생, 끝도 없을 거요. 육신의 고통은 마음의 고통에 비하면 아무것도 아니지만 마음의 고통은 눈으로 볼 수 없으니 연민이 덜 든다오. 스트라스부르의 한 호텔 앞에서 울었던 기억이 나오. 한때 내가 연회를 베풀던 그곳에서 아무것도, 심지어 빵 한 조각도 구하지 못했소. 부탱과 상의해 내 행로를 정한 다음 나는 우체국마다 들러서 내 앞으로 온 편지와 돈이 있는지 물었소. 파리까지 오는 내내 아무것도 발견하지 못했소. 얼마나 큰 낭패감을 맛보아야 했던지! '부탱이 죽은 모양이야.'라며 혼잣말을 하곤 했소. 실제로 그 불쌍한 녀석은 워털루에서 숨을 거뒀소. 나중에야 우연히 그의 죽음을 알게 됐소. 내 아내와 관련된 임무는 소득 없이 끝났겠지. 마침내 나는 카자크인들과 같은 시간에 파리에 입성했소.[47] 나로서는 고통이 겹겹이었지. 프랑스에서 러시아인들을 보고 있자니 내가 맨발에 맨손이라는 생각 따위는 잊어버렸지. 그렇소, 선생, 내 옷은 누더기였소. 도착하기 전날 클레[48] 숲에서 노숙해야 했소. 찬 밤기운에 뭔지 모를 발작증을 일으켜 포부르 생마르탱을 지날 땐 병을 앓게 됐다오. 나는 어느 철물점 문 앞에서 거의 의식을 잃고 쓰러졌소. 정신을 차려 보니 파리 시립 병원 침상이었소. 거기서 한 달 동안 그럭저럭 잘 지냈지. 하지만 얼마 안 돼 쫓겨나 빈털터리지만

47) 1815년 7월 6일 러시아 기병대가 파리에 입성했다.

48) 파리 근교의 도시.

건강한 몸으로 파리의 멋진 포석에 서게 됐소. 아내가 내 소유의 저택에서 살고 있을 몽블랑 거리로 얼마나 신이 나서, 얼마나 부리나케 달려갔던지! 맙소사! 몽블랑 거리가 쇼세 당탱 거리가 되었소.[49] 그곳에서 내 집을 찾을 수 없었소. 집이 팔리고 헐려 버렸으니까. 투기꾼들이 내 집 정원에 여러 채의 집을 지어 놨더군. 나는 아내가 페로 씨와 결혼한 줄도 몰랐고, 아무런 정보도 얻질 못했소. 결국 예전에 내 일을 맡아 줬던 나이 든 변호사를 찾아갔소. 노인이 죽기 전에 어떤 청년에게 거래처를 양도했다오. 이 청년에게서 내 재산의 상속 개시, 상속 재산 처분, 아내의 결혼과 두 아이의 출생에 관한 청천벽력 같은 이야기를 들었소. 내가 샤베르 대령이라고 하니 그가 너무 대놓고 웃어서 아무 말도 못 하고 그냥 나와야 했다오. 슈투트가르트에서 감금당한 경험 때문에 샤랑통[50]이 떠올라 경거망동을 삼가기로 마음먹었소. 그래서, 선생, 아내가 사는 곳을 알아내자 희망에 들떠 그 집으로 달려갔소. 한데……." 울화가 치민 듯 대령이 말했다. "가명을 대며 내방을 알렸는데 받아 주질 않길래 내 이름을 댔소. 그랬더니 문전박대를 하더군. 새벽에 무도회나 극장에서 돌아오는 백작 부인을 만나려

49) 쇼세 당탱 거리는 미라보 거리(1791~1793), 몽블랑 거리(1793~1816)로 이름이 바뀌었다가 1816년 쇼세 당탱이라는 본래 이름을 되찾았다. 복고 왕정기에 쇼세 당탱은 신흥 부르주아지 진영이었고, 포부르 생제르맹은 귀족의 본거지였다.

50) 정신 병원으로 유명한 파리 근교의 도시. 1641년 지어진 샤랑통 정신 병원은 가난한 병자와 정신 이상자들을 위한 수용소였으며, 국왕의 봉인장만 있으면 강제 구금이 가능했다.

고 마차 출입문 기둥에 딱 붙어 며칠 밤을 꼬박 새웠소. 번개처럼 눈앞을 스쳐 가는 마차에 시선을 던졌지만 내 아내인데도 이젠 내 것이 아닌 여자를 얼핏 본 게 다였소! 아! 그날부터 나는 복수를 위해 살고 있다오." 노인이 데르빌의 맞은편에서 벌떡 몸을 일으키며 무거운 목소리로 부르짖었다. "내가 살아 있는 걸 여자도 안다오. 내가 돌아온 이후 그녀는 내가 쓴 두 통의 편지를 받았소. 이제 나를 사랑하지 않는 거요! 나도 모르겠소, 내가 그 여자를 사랑하는지 미워하는지. 그 여자를 원했다가 저주했다가 한다오! 그 여자의 재산과 행복은 내게서 온 거요. 아! 그런데 그 여자는 하찮은 도움조차 주질 않소! 이따금 도무지 어찌해야 할지 더는 모르겠을 때가 있소."

이 말을 하고 늙은 군인은 의자에 털썩 주저앉아 다시 꼼짝도 하지 않았다. 데르빌은 의뢰인을 살피는 데 정신이 팔려 잠자코 있었다.

"사안이 엄중하군요." 마침내 데르빌이 사무적으로 말했다. "하일스베르크에 있을 서류의 진정성을 인정하더라도 우선 우리가 승소한다는 보장이 없습니다. 소송은 세 개 법원에서 차례로 진행됩니다. 이런 유의 소송 사건은 찬찬히 따져 볼 필요가 있습니다. 아주 예외적이니까요."

"아!" 거만하게 고개를 들고 대령이 차갑게 대꾸했다. "만약 패소하면 죽을 작정이오. 하지만 혼자 죽진 않겠소."

그 순간 노인의 모습은 온데간데없고 패기에 넘치는 남자의 눈이 욕망과 복수의 불길 속에서 번뜩였다.

"아마도 합의해야 할 겁니다." 소송 대리인이 말했다.

"합의라." 샤베르 대령이 되뇌었다. "나는 죽은 사람이오, 산 사람이오?"

"선생." 소송 대리인이 말을 이었다. "제 충고를 따르세요. 선생의 사건이 곧 제 사건이 될 테니까요. 곧 아시게 되겠지만, 재판 사건 기록부에도 전례가 없다시피 한 선생의 처지에 흥미를 느끼고 있습니다. 그동안 제 공증인에게 일러두겠습니다. 열흘에 한 번씩 공증인이 선생께 50프랑을 지급하고 영수증을 받을 겁니다. 도움을 받으러 이곳까지 직접 나오시는 건 적절치 않을 테니까요. 정말 샤베르 대령이라면 누구에게도 휘둘려선 안 됩니다. 이 선지급금을 대출 형식으로 드리겠습니다. 선생에겐 되찾을 재산이 있고, 부자시니까요."

그 빈틈없는 배려가 노인의 눈물을 자아냈다. 데르빌은 황급히 일어났다. 소송 대리인이 감정을 드러내는 건 관례에 어긋나기 때문일 것이다. 그는 집무실로 건너가 봉인되지 않은 편지 한 통을 가져오더니 샤베르 백작에게 내밀었다. 가련한 남자는 편지를 받아 쥐며 종이 너머로 금화 두 닢을 감지했다.

"증서들을 특정하고 도시와 왕국의 이름을 알려 주시겠습니까?" 소송 대리인이 말했다.

대령은 정보를 불러 주며 지명의 철자들을 확인했다. 그런 다음 한 손으로 모자를 집어 들고 데르빌을 바라보면서 굳은살이 박인 다른 쪽 손을 내밀며 소탈한 목소리로 말했다.

"맹세컨대, 선생, 당신은 황제 다음으로 내게 가장 큰 은혜를 베푼 사람이오! 당신은 선량한 사람이오."

소송 대리인은 대령의 손을 토닥이며 계단까지 안내하고는 그를 위해 불을 비추어 주었다.

"부카르." 소송 대리인이 수석 서기에게 말했다. "방금 25루이[51] 정도 되는 이야기를 들었다네. 떼여도 아깝지 않을 돈이네. 우리 시대 최고의 배우를 본 셈이니."

거리로 나온 대령은 가로등 앞에 서서 소송 대리인이 건넨 편지 봉투에서 20프랑짜리 동전 두 닢을 꺼내더니 잠시 불빛에 비춰 보았다. 구 년 만에 금을 다시 보게 되었다.

"그럼 이제 시가를 피울 수 있겠군." 그가 혼자 중얼거렸다.[52]

데르빌의 사무소에서 샤베르 대령과 심야 상담을 한 날로부터 석 달쯤 지나, 소송 대리인이 그 이상한 의뢰인에게 지급하는 반급[53]을 전달하는 일을 맡은 공증인이 중요한 사건을 협의하러 데르빌을 찾아온 참에 우선 늙은 군인에게 준 600프랑부터 청구하고 나섰다.

"그러니까 자넨 옛날 군대를 지키는 일에 재미를 붙인 거군?" 크로타라는 이름의 공증인이 웃으며 말했다. 이 청년은 얼마 전 자신이 수석 서기로 일하던 사무소 소장[54]이 끔찍한

---

51) 1루이는 20프랑, 25루이는 500프랑이다.

52) 총 3장으로 구성된 『두 남편을 둔 백작 부인』의 1장 「소송 대리인 사무소」 끝부분. 1832년 '합의'라는 제목으로 잡지에 발표된 이 작품은 1835년 '두 남편을 둔 백작 부인'으로 개정되고, 1844년 현 제목인 '샤베르 대령'으로 『인간극』의 '파리 생활 정경'에 편입된다.

53) 현역 군인이 받는 봉급의 절반으로 부르봉 복고 왕정 기간에 전역한 나폴레옹 군대의 퇴역군인들에게 지급하던 보상금이다.

54) 공증인 로갱은 『세자르 비로토』에서 검소하고 신중한 상인 비로토를

파산 끝에 도주하자 그 사무소를 사들였다.

"고맙네, 친구, 그 일을 환기해 줘서." 데르빌이 대답했다. "내 자선 활동이 25루이를 넘진 않을 걸세. 벌써 내가 내 애국심에 속아 넘어간 게 아닌가 하는 의심이 든다네."

말을 마쳤을 때 데르빌은 수석 서기가 책상 위에 놓아둔 우편물을 발견했다. 프로이센, 오스트리아, 바바루아, 프랑스 우체국 소인이 찍힌 편지 위에 붙은 직사각형, 정사각형, 삼각형의 붉고 푸른 우표를 보고 그는 눈이 휘둥그레졌다.

"아!" 그가 웃으며 말했다. "극의 대단원이 여기 있군. 내가 속았는지 보자고." 그는 편지를 집어 개봉했지만 독일어로 쓰여 아무것도 읽을 수 없었다. "부카르, 직접 이 편지를 들고 가 번역해 와요. 빨리 다녀오시오." 데르빌이 집무실 문을 반쯤 열고 수석 서기에게 편지를 내밀며 말했다.

소송 대리인이 의뢰했던 베를린의 공증인은 이 통지서를 받고 며칠 후면 데르빌이 발송을 요청한 증서들이 도착할 것이라고 알렸다. 증서들은 한 치도 규정에 어긋남이 없어 재판에서 증거로 쓰이는 데 필요한 적법성을 갖추었다고 했다. 게다가 조서에 기재된 내용을 진술한 증인들이 프로이센의 아일라우에 거의 다 살아 있고, 샤베르 백작의 생명을 구한 여자가 하일스베르크 외곽에 아직 산다는 것도 알려 주었다.

"일이 심각해지는군." 부카르가 편지 내용을 모두 전달하자 데르빌이 외쳤다. "그런데, 여보게, 친구." 데르빌이 공증인에게

부동산 투기에 끌어들여 파산시키고, 고객이 맡긴 돈을 횡령하여 도망간다.

말했다. "필요한 자료들이 틀림없이 자네 사무소에 있을 걸세. 그렇지 않나, 왜 그 늙은 사기꾼 로갱의 사무소에……."

"우리는 재수 없는 로갱, 운수 나쁜 로갱이라고 한다네." 알렉상드르 크로타가 데르빌의 말을 끊고 웃으며 말했다.

"샤베르의 유산 분배를 담당한 게 얼마 전 의뢰인들한테서 80만 프랑을 빼돌려 여러 가족을 파탄에 빠뜨린 그 재수 없는 자의 사무소 아닌가? 우리가 가진 페로 관련 서류에서 본 것 같은데."

"그래." 크로타가 대답했다. "당시 나는 3등 서기라 유산 처분 서류의 사본을 만들고 자세히 들여다봤다네. 제국의 백작이자 레지옹 도뇌르 대장군[55] 수훈자인 이아생트 샤베르와 그 배우자이자 미망인인 로즈 샤포텔. 두 사람은 결혼할 때 별도의 계약[56]을 체결하지 않았기 때문에 부부 공동 재산제를 적용받네. 내 기억으로는 60만 프랑에 달하는 자산이었어. 결혼 전 샤베르 백작은 파리의 구제원을 위해 유언장을 작성했는데, 그 유언장에 따르면 사망 시점에 그가 소유한 재산의 4분의 1은 구제원에 유증하고, 또 다른 4분의 1은 국고에 편입된다네. 재산의 경매, 매각, 분배가 이미 끝났어. 소송 대리인들이 일사천리로 해치웠거든. 유산 처분 당시 프랑스를 통

---

55) 레지옹 도뇌르는 원래 대장군(그랑토피셰), 사령관(코망되르), 장교(오피셰), 기사(슈발리에)의 네 개 등급이 있었다. 나폴레옹이 황제에 오른 뒤 대십자장(그랑크루아)이라는 최고 등급을 추가했다.

56) 프랑스에서는 혼인 전 당사자가 미리 부부 재산 계약을 체결하지 않는 한 법정 부부 재산제인 공동 재산제가 적용된다.

치하던 괴물[57]이 칙령에 따라 국고 헌납분은 대령의 미망인에게 돌려줬다네."

"그러니까 백작의 개인 재산은 30만 프랑이 다군."

"그렇다네, 친구." 크로타가 대답했다. "이편저편 안 가리고 변호해서 올바른 생각을 왜곡한다는 욕을 먹지만 자네들 소송 대리인들도 가끔은 올바른 생각을 하는군."

샤베르 백작의 주소는 공증인이 데르빌에게 건네준 첫 번째 영수증 하단에 적혀 있었다. 백작의 주거지는 포부르 생마르소[58]의 프티방키에 거리,[59] 제국 근위대[60]에서 선임 부사관을 지내다 가축 사육자가 된 베르니오라는 사람의 집이었다. 데르빌은 도착해서도 의뢰인을 찾으러 걸어 들어갈 수밖에 없었다. 카브리올레 이륜마차가 들어가기엔 비포장도로에 난 바퀴자국이 깊어 마부가 진입을 거부했기 때문이다. 소송 대리인은 사방을 두리번거리다가 마침내 큰길에 접한 그 길 한쪽으로 뼈와 흙을 섞어 바른 두 벽 사이에서 조잡한 문기둥

57) 과격 왕당파들이 나폴레옹 보나파르트를 지칭하던 말.

58) 비교적 도시 근대화의 영향을 받지 않았던 파리 동남쪽 포부르 생마르소(또는 생마르셀)는 파리에서 가장 가난한 이들이 거주했다. 이미 4세기부터 공동묘지가 길을 따라 이어진 곳이라 '죽음의 땅'이라고도 불렸다.

59) 현재 파리 13구의 바토 거리.

60) 황제 나폴레옹을 보위하는 근위대. 나폴레옹이 본인과 핵심 인물의 신변 보호와 전투를 위해 전투 경험이 풍부한 육군 장병들을 차출해 구성한 최정예 부대다. 1814년 나폴레옹이 퇴위하면서 해산했다가 백일천하 때 재집결하지만 워털루 전투 패배로 다시 해산했다. 근위대원은 복고 왕정에서 계속 복무하거나 전역하거나 미국 이민을 떠났다.

두 개를 발견했다. 나무 조각 두 개를 도로 경계석처럼 세워 놓았지만 오가는 마차로 인해 군데군데 이가 빠져 있었다. 문기둥은 기와 갓돌을 씌운 들보를 받치고 있었고, 들보에는 빨간색으로 글씨가 쓰여 있었다. 가축 사육자 베르니오. 이름 오른쪽에는 달걀이, 왼쪽에는 암소 한 마리가 온통 흰색으로 그려져 있었다. 대문이 열려 있었는데 아마도 온종일 그 상태였을 것이다. 널찍한 안마당 안쪽에 대문 맞은편으로 집 한 채가 들어서 있었다. 그 무엇과도, 심지어 가장 허름한 시골집과도 비교할 수 없고, 시골의 궁핍함은 있는데 정겨움은 없는 파리 외곽에 지어진 이런 움막에도 '집'이라는 명칭을 붙일 수 있다면 말이다. 그도 그럴 것이 들판 한가운데에 있는 오두막은 깨끗한 공기, 초목, 전원 풍경, 언덕, 구불구불한 길, 포도밭, 생울타리, 이끼 낀 짚 더미, 농기구가 주는 정취를 아직 간직하고 있다. 하지만 파리에서는 황폐함으로 궁핍이 두드러질 뿐이다. 지은 지 얼마 안 되었는데도 집은 다 쓰러져 가는 듯했다. 용도에 맞게 쓰인 건축 자재가 하나도 없고 죄다 파리에서 매일 행해지는 철거 작업에서 흘러들어 온 것이었다. 데르빌은 간판 널빤지를 얼기설기 엮어 만든 덧문 위에서 신상품 판매점이라는 문구를 읽었다. 창문은 모양이 다 제각각인 데다 배치도 이상했다. 거주 공간으로 보이는 건물 1층은 한쪽이 더 높고 다른 한쪽은 지면이 솟아올라 방이 땅에 파묻힌 것처럼 보였다. 대문과 집 중간에는 퇴비 더미로 가득 찬 물웅덩이가 있어 빗물과 생활 하수가 흘러들었다. 이 허름한 건물을 떠받치는 그나마 튼튼해 보이는 담장에는 철망을 두른 축사가 딸

렸고, 그 안에서 진짜 토끼들이 대가족을 이루고 있었다. 마차 출입문 오른편에는 위에 사료 창고가 달린 소 외양간이 낙농장을 통해 집과 연결되어 있었다. 왼편에는 가금 사육장과 마구간, 그리고 집 지붕과 마찬가지로 얼기설기 못질한 조악한 흰색 판자로 틀을 짜고 골풀로 지붕을 대충 이은 돼지우리가 있었다. 파리시가 매일 먹어 치우는 만찬의 재료가 준비되는 곳에서는 거의 언제나 그렇듯이 데르빌이 딛고 선 안마당은 정해진 마감 시간에 맞춰야 하는 조급함의 흔적들을 드러냈다. 찌그러진 커다란 우유 깡통과 크림 항아리들이 아마포 마개와 함께 낙농장 앞에 아무렇게나 널브러져 있었다. 장대에 걸린 빨랫줄에는 마개를 닦는 데 쓰는 구멍 난 헝겊들이 햇볕에 나부꼈다. 우유 짜는 여자들의 집에서만 볼 수 있는 온순한 품종의 말이 수레를 끌고 몇 걸음 뗀 후 문이 닫힌 마구간 앞에 멈춰 서 있었다. 암염소 한 마리가 금이 간 노란 담장을 타고 가냘프게 자란 먼지투성이의 포도 덩굴을 뜯고 있었다. 크림 단지 위에 몸을 웅크린 고양이 한 마리가 항아리를 핥고 있었다. 데르빌이 다가가자 깜짝 놀란 암탉들이 꼬꼬댁거리며 날아올랐고, 집 지키는 개가 짖어 댔다.

"아일라우 전투의 승패를 결정지은 사내의 거처가 저기겠군." 이 흉측한 풍경 전체를 한눈에 파악한 데르빌이 혼자 말했다.

집은 세 꼬마의 엄호 아래에 있었다. 꼬마 하나는 생사료를 가득 실은 짐수레 꼭대기에 올라가 옆집 벽난로 굴뚝에 돌을 던져 넣고 있었다. 냄비 안으로 돌이 들어가길 기대해서였다.

또 다른 꼬마는 땅에 댄 수레 바닥 위로 돼지 한 마리를 끌고 가느라 애쓰는 중이었고, 세 번째 꼬마는 수레 반대편에 매달려 돼지가 수레 안으로 들어오기를 기다렸다. 시소처럼 수레를 움직여 돼지를 들어 올리기 위해서였다. 이곳이 샤베르 씨가 묵는 곳이 맞는지 데르빌이 아이들에게 물었지만 누구 하나 대답하지 않고 셋 다 약삭빠른 바보처럼 — 이 두 단어를 붙여 쓰는 게 가능하다면 — 데르빌을 멀뚱멀뚱 쳐다보았다. 데르빌이 여러 번 되물어도 소용이 없었다. 얕잡아 보는 듯한 개구쟁이들의 태도에 언짢아진 데르빌이 청년이 아이들에게 할 만한 재미있는 욕설을 던지자 꼬마들은 갑자기 깔깔대며 침묵을 깼다. 데르빌은 화가 났다. 데르빌의 기척을 들은 대령이 낙농장 옆의 좁고 낮은 방에서 나와 침착하기 그지없는 군인의 태도로 문간에 모습을 드러냈다. 입에는 담뱃진에 전(흡연자들이 즐겨 쓰는 전문 용어) 티가 역력한 브륄괼[61]이라는 소박한 흰색 점토 파이프를 물고 있었다. 때가 까맣게 앉은 모자챙을 들어 올린 대령은 데르빌을 발견하자 좀 더 신속히 은인에게 다가가기 위해 퇴비 더미를 가로지르며 꼬마들을 향해 친근한 목소리로 외쳤다. "일동 침묵." 곧 아이들이 경건한 침묵을 지켰으니 늙은 군인이 그들에게 미치는 영향력을 알 수 있었다.

"왜 미리 편지하지 않았소?" 그가 데르빌에게 말했다. "외양

---

61) brûle-gueule. '입(gueule)이 탈(brûle) 정도로' 관이 짧은 담배 파이프를 가리킨다.

간을 죽 따라가시오! 자, 그쪽, 포석이 깔려 있소." 퇴비 더미에 발이 젖을까 주저하는 소송 대리인을 보고 그가 소리쳤다.

데르빌은 이리저리 뛰어서 좀 전에 대령이 나온 문턱에 도달했다. 샤베르는 자신이 거처하는 방에서 소송 대리인을 맞아야 한다는 사실에 속이 상한 기색이었다. 그도 그럴 것이 방에서 데르빌이 발견한 것은 달랑 의자 하나였다. 우유 짜는 여자들이 짐수레 의자를 덮는 데 쓰는 낡은 태피스트리 조각 두어 개를 주인 여자가 어디선가 주워 와 깔아 놓은 짚단 몇 개가 대령의 침대였다. 바닥은 그냥 다진 맨흙이었다. 초석으로 덮인 푸르데데하고 금이 간 벽이 어찌나 습기를 뿜어 대던지 대령이 기댄 벽에는 골풀로 엮은 거적때기를 늘여 놓았다. 유명한 캐릭 코트가 못에 걸려 있고, 한쪽 구석에는 싸구려 장화 두 짝이 나뒹굴었다. 빨래의 흔적은 어디에도 없었다. 낡은 탁자 위에 플랑셰 출판사에서 재출간한 《대육군 관보》[62]가 펼쳐져 있었는데 대령이 읽고 있는 모양이었다. 이런 궁핍 속에서도 대령은 차분하고 평온한 표정이었다. 데르빌을 만나고 난 뒤로 인상이 바뀐 것처럼 보였다. 소송 대리인은 그의 얼굴에서 행복한 생각의 흔적을, 희망이 던져 준 특별한 서광을 발견했다.

"파이프 연기가 불편하진 않소?" 짚이 반쯤 빠진 의자를 소송 대리인에게 내밀며 그가 말했다.

---

62) 대육군은 1805년 창설된 나폴레옹의 직속 군대다. 《대육군 관보(Bulletin de la Grande Armée)》(1805~1812)는 나폴레옹 군대의 승전보를 알리는 정기 간행물이었다.

"그런데, 대령, 여기서 퍽 불편하시겠습니다."

소송 대리인들에게는 자연스러운 불신과 그들이 일찍부터 목격한 남모를 끔찍한 비극들에서 얻은 비통한 경험에서 튀어나온 문장이었다.

'그래.' 그는 생각했다. '병사의 세 가지 신학적 덕목인 노름과 술과 여자를 사는 데 내 돈을 쓴 게 분명해!'

"맞소, 선생. 여기서 우리가 호사를 누리며 사는 건 아니오. 우정으로 견디는 야영이라오, 하지만……." 여기서 군인은 법률가에게 깊은 시선을 던졌다. "누구에게도 폐 끼치지 않았고, 누구도 밀어낸 적 없고, 그래서 편히 잘 수 있소."

선지급금에 대해 따지는 건 결례라는 생각에서 소송 대리인은 그저 이렇게만 말했다.

"어째서 파리에 오실 생각을 안 하셨어요? 파리에서도 여기만큼 싼 생활비로 지낼 수 있었을 테고, 오히려 지내기는 한결 나을 텐데요."

"하지만……." 대령이 대답했다. "나를 받아 준 이 집의 선량한 사람들이 일 년 전부터 공짜로 먹여 주고 있다오! 돈이 좀 생겼다고 어떻게 그들을 저버리겠소? 게다가 그 세 꼬마의 아버지는 옛 이집트인인데……."

"네? 이집트인이라고요?"

"이집트 원정[63]을 다녀온 병사를 그렇게 부른다오. 나도 그 중 하나요. 원정에서 돌아온 사람들은 형제나 다름없을뿐더

---

63) 1798년 5월.

러 베르니오는 당시 나와 같은 연대에 있었고, 우린 사막에서 물을 나누어 마셨다오. 어쨌거나 나는 아직 저 녀석들에게 읽는 법을 다 가르치지 못했소."

"그 돈이면 좀 더 좋은 잠자리를 제공할 수도 있었을 텐데요, 그 사람이요."

"까짓것!" 대령이 말했다. "아이들도 나처럼 밀짚 위에서 잔다오! 처와 그의 침대도 더 나을 건 없소. 그들은 가난하오, 알겠소? 그들은 감당하기 힘든 일을 벌였다오. 하지만 내가 재산을 되찾으면……! 됐소, 관둡시다!"

"대령, 내일이나 모레쯤이면 하일스베르크에서 보낸 증서들을 받을 겁니다. 대령의 은인이 아직 살아 있습니다."

"망할 놈의 돈! 그놈의 돈이 원수야!" 바닥에 파이프를 내던지며 그가 소리쳤다.

담뱃진에 전 파이프는 애연가에게 소중한 물건이다. 그러나 대령의 행동이 너무나 자연스럽고 너무나 관대한 마음을 보여 주어 모든 애연가가, 심지어 전매청조차 그가 저지른 담배 모독죄를 용서했을 것이다. 천사가 있다면 그 깨진 조각들을 주워 모았을 것이다.

"대령, 대령의 사건은 복잡하기 짝이 없습니다." 데르빌이 햇볕을 쬐며 집 근처를 산책하려고 방을 나서면서 말했다.

"내가 보기엔……." 군인이 말했다. "더없이 단순하오. 사람들은 내가 죽었다고 믿지만 난 여기 이렇게 있소! 나에게 아내와 재산을 돌려주시오. 내게 장군 계급장을 주시오. 아일라우 전투 전날 제국 근위대에서 대령으로 진급했으니 내겐 정당한 권리가 있소."

"법률 세계에서는 그렇지 않습니다." 데르빌이 말을 받았다. "제 말을 들어 보세요. 선생은 샤베르 백작이고, 저도 그러길 바랍니다만, 문제는 선생의 존재를 부인해야 득을 보는 사람들에게 그 사실을 법적으로 증명하는 겁니다. 그래서 선생의 서류를 두고 다투게 될 겁니다. 이 다툼에는 열두어 개의 선결문제[64]가 수반됩니다. 모든 문제가 대심[65] 원칙에 따라 최고 법원까지 갈 테고, 제가 뭘 어떻게 하든 비용도 많이 들고 시간도 오래 걸리는 소송이 될 겁니다. 당신의 적수들이 조사를 요구하면 우리로선 거부할 도리가 없으니 아마도 프로이센에 사법 공조를 의뢰해야 할 겁니다. 하지만 모든 걸 최선으로 가정해 봅시다. 선생이 샤베르 대령이라는 사실이 재판에서 신속하게 인정된다고 칩시다. 그렇다 해도 페로 백작 부인의 무고한 중혼으로 발생한 문제에 어떤 판결이 날지 우리가 알 수 있을까요? 선생 사건에서 법률적 쟁점은 법전 바깥의 일이라 판사들이 양심의 법에 따라 판결할 수밖에 없습니다. 일부 형사 재판에서 배심원단이 사회의 특이한 사건들이 제기하는 민감한 문제들에 대해 평결하듯이 말입니다. 한데 대

---

64) 소송 사건을 판결하기 전에 먼저 결정해야 하는 문제를 말한다. 민형사 사건에서 어떤 행정 행위의 위법성 여부가 그 사건의 본안 판단의 필수적인 전제로서 문제가 될 경우 항고 소송 관할 법원 이외의 법원이 그 행정 행위의 위법성 여부를 스스로 심리할 수 있는가에 관련한 문제다.

65) 소송법상 대립하는 두 당사자에게 대등한 공격과 방어의 기회를 부여한 뒤 이를 바탕으로 심리를 진행하는 원칙.

령에겐 결혼 생활에서 자녀가 없지만, 페로 백작에게는 두 명의 자녀가 있습니다. 혼인 당사자들이 신의를 지킨 이상 판사들은 유대가 더 강한 쪽의 결혼을 위해 유대가 더 느슨한 쪽의 결혼을 무효로 선고할 수 있습니다. 선생의 연세에, 그리고 선생이 처한 현재 상황에서 더 이상 선생을 사랑하지 않는 여자에게 죽자 살자 매달리면 그것이 도덕적으로 옳아 보일까요? 선생이 대적해야 할 선생의 부인과 그 남편, 이 두 사람은 재판부에 영향력을 행사할 만한 유력 인물입니다. 그러니 재판을 질질 끌 요인들이 있습니다. 선생은 쓰라린 상심 속에서 늙어 갈 겁니다."

"그럼 내 재산은?"

"그러니까 선생은 대단한 재산이라고 생각하시나요?"

"3만 리브르의 연금이 있잖소?"

"친애하는 샤베르 대령님, 대령님은 혼인 전인 1799년 재산의 4분의 1을 구제원에 기증한다는 유언장을 작성했습니다."

"사실이오."

"자! 그럼 당신이 사망한 것으로 추정되어 그 4분의 1을 구제원에 기부하려면 재산 목록을 작성하고 재산을 처분해야 하지 않겠습니까? 부인께서는 가난한 사람들을 기만하는 행위를 서슴지 않았습니다. 재산 목록에서 현금과 귀금속은 쏙 빼 놓았고, 은 식기류도 거의 기재하지 않았고, 가구류는 실제 가격의 3분의 2로 낮게 책정했습니다. 자기 이익을 위해서거나 국세청에 세금을 덜 내기 위해서일 수도 있고, 또 경매인이 감정 평가에 책임이 있기 때문이기도 한데, 이렇게 작성된 재산 목록의 추정액은 60만 프랑이었습니다. 상속 재산의 절반은 미망인에게 돌아갑니다. 부인은 전체를 매각한 뒤에 도로 사들여 모든 것에서 이득을 챙겼고, 구제원은 7만 5000프랑을 받았습니다. 게다가 선생이 유언장에서 부인을 언급하지 않은 까닭에 선생의 유산[66]이 국고로 넘어갔는데 황제가 칙령을 통해 국가 귀속분을 미망인에게 돌려주었습니다. 이제 선생에게 남은 권리가 뭔가요? 고작 30만 프랑이고, 거기서 경비를 제해야 합니다."

"그런데 당신은 그런 걸 정의라고 부르오?" 대령이 기가 차서 말했다.

"네, 그렇고말고요……."

"훌륭하군요."

"가엾은 대령님, 정의라는 게 그렇답니다. 쉽게 생각하신 일이 실제로는 그렇지 않다는 걸 아시겠죠. 페로 부인이 황제에게 받은 몫도 내놓으려 하지 않을지 몰라요."

"하지만 과부가 아니었으니까 칙령은 무효고……."

"동의합니다. 하지만 변론하기 나름입니다. 제 말을 들으세요. 이런 상황에서는 선생을 위해서나 여자를 위해서나 합의가 최선의 해결책입니다. 법률로 정한 금액보다 더 큰 액수를 받아 낼 수 있습니다."

"그건 아내를 파는 꼴이잖소?"

"연금 2만 4000프랑이면 현재 선생의 처지에서 부인보다

---

66) 60만 프랑 중에서 구제원분 7만 5천 프랑을 제한 나머지 22만 5천 프랑.

선생에게 훨씬 걸맞고 선생을 더 행복하게 해 줄 여자를 찾을 수 있습니다. 저는 오늘 페로 백작 부인을 찾아가 동정을 살펴볼 작정입니다. 하지만 선생에게 미리 알리지 않고서는 그런 일을 벌이고 싶지 않습니다."

"그 여자의 집에 같이 가서……."

"그런 몰골로요?" 소송 대리인이 말했다. "안 돼요, 안 돼, 대령님, 안 됩니다. 그러다가 소송에서 완패할 수 있어요."

"이길 만한 소송이오?"

"중요한 모든 점에서 그렇습니다." 데르빌이 대답했다. "하지만, 친애하는 샤베르 대령님, 한 가지 간과하신 것이 있습니다. 저는 부자가 아니고, 아직 영업 권리금도 다 갚지 못했습니다. 법원이 선지급금, 다시 말해서 당신 재산에서 미리 가져갈 일정액을 허용하더라도 그건 레지옹 도뇌르 대장군 수훈자 샤베르 백작의 신원이 확인되고 난 후의 일일 겁니다."

"참, 내가 레지옹의 대장군이었지. 잊고 있었소." 대령이 천진하게 말했다.

"자, 그럼, 그때까지……." 데르빌이 말을 이었다. "소를 제기하고 변호사 선임 비용을 치르고 판결문 사본을 받아 보고 그 비용을 지급하고 집행관을 움직이고 또 생활도 해야겠죠? 예심 비용만 대략 1만 2000에서 1만 5000프랑이 들겠죠. 제겐 그만한 돈이 없습니다, 저는 소송 변호사 권리금을 빌려준 사람[67]에게 갚아야 할 막대한 이자에 허덕이는 처지입니다.

---

67) 발자크의 다른 작품 『곱세크』의 고리대금업자 곱세크가 데르빌에게 권

선생은요! 어디서 그 돈을 구하실 건가요?"

가련한 군인의 생기 없는 눈에서 굵은 눈물이 주름진 뺨을 타고 흘러내렸다. 그런 난관을 보고서 그는 용기를 잃었다. 사회적이고 사법적인 세계가 악몽처럼 가슴을 짓눌렀다.

"난 가겠소." 그가 소리쳤다. "방돔 광장에 있는 기둥[68] 아래로 가서 외치겠소. '내가 바로 아일라우에서 러시아군의 거대한 방진[69]을 무너뜨린 샤베르 대령이다!' 청동상은 날 알아볼 거요."

"그랬다간 샤랑통에 갇힐 텐데요."

그 무시무시한 이름을 듣자 군인의 흥분이 가라앉았다.

"육군성에 가면 무슨 수가 있지 않겠소?"

"관청이라!" 데르빌이 말했다. "가세요. 하지만 당신의 사망 증서가 무효라고 판시한 판결문을 가져가세요. 제국의 사람들을 끝장낼 수 있으니 관청에서 좋아라 할 거예요."

끝없는 절망에 빠져 눈을 뜨고 있어도 아무것도 눈에 들어오지 않아 대령은 그만 넋을 잃고 한동안 꼼짝하지 않았다. 군사 재판은 거침없고 신속하며, 터키식으로 가차없이 결정하고, 거의 언제나 올바른 판결을 내린다. 이것이 샤베르가 아

리금을 빌려주었다.

68) 나폴레옹은 파리 이곳저곳에 제국의 영광을 기리는 전승 기념물들을 세웠다. 샹젤리제 개선문, 카루젤 개선문 등이 그것이다. 방돔 광장에는 아우스터리츠 전투(1805)에서 노획한 러시아군 대포 1200개를 녹여 만든 원기둥 모양의 전승 기념탑이 세워졌다. 1806년 공사를 시작해 1810년 완공한 이 기둥 꼭대기에는 나폴레옹의 동상이 있다.

69) 아일라우 전투에서 뮈라의 기병대는 러시아군의 대방진을 무너뜨렸다.

는 유일한 재판이었다. 장차 헤쳐 가야 할 역경의 미로를 보자, 그리고 그 미로를 여행하는 데 얼마나 많은 돈이 필요한지를 보자 가련한 군인은 인간이 가진 고유한 힘인 의지라고 불리는 것에 치명타를 입었다. 소송으로 사는 것은 불가능해 보였다. 가난뱅이나 비렁뱅이로 남는 쪽이, 받아 주기만 한다면 아무 연대라도 기병으로 입대하는 쪽이 천배는 더 쉬워 보였다. 그가 겪은 신체적이고 정신적인 고통은 이미 몸의 가장 중요한 장기 몇 곳을 훼손한 상태였다. 의학에도 병명이 알려지지 않은 질병, 우리 인체의 모든 기관 중에서 가장 다치기 쉬워 보이는 신경계처럼 아픈 부위가 여기저기 옮겨 다니는 질병, 불행의 우울이라고 불러야 할 질병에 그는 근접해 있었다. 눈에 보이지 않아도 분명히 존재하는 그 병의 증세는 이미 심각했지만 사건이 원만히 해결되면 아직 치료할 수 있었다. 이 강인한 조직체를 완전히 무너뜨리기 위해서는 약해진 용수철을 부러뜨리고 생리학자들이 슬픔으로 폐허가 된 생명체에서 발견하는 그러한 망설임, 그 영문 모를 어설픈 행동들을 일으키는 새로운 장애물, 어떤 뜻밖의 사건으로도 충분했다.

의뢰인에게서 깊은 낙담의 징후를 발견한 데르빌이 말했다.

"용기를 내세요. 이 사건의 결말은 당신에게 유리할 수밖에 없습니다. 다만 저를 전적으로 믿을 수 있는지, 제가 당신에게 최선이라고 믿는 결과를 무조건 수용할 수 있는지 생각해 보십시오."

"좋을 대로 하시오." 샤베르가 말했다.

"네. 하지만 죽음을 향해 걸어가는 사람처럼 제게 항복하시는 건가요?"

"앞으로 호적도 이름도 없이 지내는 거요? 이게 견딜 법한 일이오?"

"그런 뜻은 아닙니다." 소송 대리인이 말했다. "선생이 권리를 회복하도록 선생의 사망 증서의 효력상실과 이혼을 위한 소송상 화해를 청구할 겁니다. 잘하면 페로 백작의 도움을 받아 군적에 장군으로 등록되어 연금을 받을 수도 있습니다."

"그렇다면 합시다!" 샤베르가 대답했다. "당신을 전적으로 믿겠소."

"서명할 위임장을 보내 드리겠습니다." 데르빌이 말했다. "잘 지내시고, 용기를 내세요! 돈이 필요하면 제게 말씀하세요."

샤베르는 뜨겁게 데르빌의 손을 쥐고는 벽에 등을 기대고서 힘없이 그저 눈으로만 그를 따라나섰다. 법률문제에 어두운 사람들이 다 그렇듯이 예상치 못한 싸움에 그는 겁이 났다. 이런 논의가 진행되는 동안 한 남자가 데르빌이 나오는지 살피려고 마차 출입문 기둥 밖에서 길가 쪽을 기웃거리는 모습이 포착되었다. 데르빌이 나오자 남자가 따라붙었다. 파란색 웃옷과 맥주 양조업자의 작업복 비슷한 주름진 흰색 작업복을 입고 머리에는 수달 모자를 쓴 나이 든 남자였다. 얼굴은 가무잡잡하고 움푹 패고 주름이 졌는데 과로로 인해 광대뼈 부분이 빨갛게 상기되고 바깥에서 피부가 볕에 그을렸다.

"실례합니다, 선생." 그가 데르빌의 팔을 잡아 멈춰 세우며 말했다. "느닷없이 말을 걸어 죄송합니다만 당신을 보고 혹시 우리 장군님의 친구분인가 하는 생각을 했습니다."

"아! 맞습니다만?" 데르빌이 말했다. "무슨 이유로 그에게 관심을 보이십니까? 대체 누구신지요?" 경계심에서 소송 대리인이 물었다.

"루이 베르니오라고 합니다." 그가 일단 대답했다. "잠시 드릴 말씀이 있습니다."

"그럼 샤베르 백작을 저 모양으로 묵게 한 사람이 바로 당신이군요?"

"죄송합니다. 용서하세요, 선생, 우리 집에서 가장 좋은 방을 드린 거예요. 설령 방이 한 칸뿐이었다 해도 그 방을 드리고 저는 마구간에서 잤을 거예요. 그분처럼 고초를 겪고, 제 새끼들에게 글 읽는 법을 가르쳐 주시고, 장군에다가 이집트인이시고 부대에서 처음 중위로 모셨던 분을…… 그럴 수 있을까요? 천만에요, 그분은 제일 좋은 방에 묵고 있습니다. 저는 제가 가진 걸 그분과 나눴어요. 불행히도 빵, 우유, 달걀은 대단할 게 없지요. 하지만 전시에는 전시답게! 진심입니다. 그런데 그분이 우리를 모욕했어요."

"그분이요?"

"네, 선생님, 모욕했어요. 정말로 그래요. 제가 능력에 부치는 일을 벌였는데 그분이 그걸 알고 계세요. 그 일로 언짢아하셨고, 게다가 말에 글경이질까지 하셨어요! 제가 이렇게 말씀드렸죠. '아니, 대령님?' '나 참!' 대령님이 말씀하셨죠. '하는 일 없이 지내고 싶진 않고, 토끼 빗질[70] 정도는 오래전에 배웠

70) '말 글경이질'을 뜻하는 군대 은어.

다네.' 그러니까요, 제가 외양간값을 치르려고 그라도스라는 남자에게 어음을 써 줬어요……. 그자를 아시나요?"

"하지만, 선생, 그런 이야기를 듣고 있을 시간이 없습니다. 대령이 어떻게 당신들을 모욕했는지만 말씀하세요."

"대령님이 우리를 모욕했어요, 선생, 그건 제 이름이 루이 베르니오이고 그 일로 제 아내가 눈물을 흘린 것만큼이나 분명한 사실입니다. 대령님은 이웃 사람들을 통해 우리 수중에 어음을 갚을 돈이 한 푼도 없다는 걸 알게 됐어요. 그 늙은 근위병이 선생에게 받은 돈을 긁어모아 말 한마디 없이 어음이 돌아오길 기다렸다가 지급해 버렸어요. 고약한 일이에요! 아내와 저는 그분이, 그 불쌍한 노인이 담배가 없다는 걸, 담배를 참고 있다는 걸 알았지요. 아! 지금은 아침마다 시가를 피우십니다! 차라리 제가 용병으로 팔려 나가……. 아뇨! 우리를 모욕했어요. 그래서 선생께, 선생이 선량한 분이라고 대령님이 말씀하셨으니까요, 우리 사업장을 담보로 100에퀴[71] 정도만 빌려 달라고 부탁드리는 거예요. 대령님께 옷도 해 드리고 방에 가구도 넣어 드릴 수 있도록 말이에요. 대령님은 우리에게 진 빚을 갚았다고 생각하시겠죠, 그렇죠? 그런데 반대로, 보세요, 노인이 우리에게 빚을 지운 거라고요……. 그리고 우리를 모욕했다고요! 이런 모욕을 겪게 하진 말았어야죠. 대령님은 우리를 모욕했어요! 그러고도 아직 친구라고요? 제 명예를 걸고, 제 이름이 루이 베르니오인 것만큼이나 분명하게, 만

---

71) 5프랑 은화.

일 선생에게 이 돈을 못 갚으면 차라리 남의 집 하인으로 들어가…….”

데르빌은 사육자를 쳐다보더니 몇 걸음 뒤로 물러나 집과 안마당, 두엄, 외양간, 토끼, 아이들을 다시 한번 훑어보았다.

“맹세코 미덕이 지녀야 할 특성 중 하나는 재산을 소유하지 않는 거야.” 그는 혼자 말했다. “자, 자네는 100에퀴를 받게 될 걸세![72] 그보다 더 큰 액수가 될지도. 하지만 그걸 주는 사람은 내가 아닐 걸세. 대령이 자네를 도울 만큼 부자가 될 테니 그 기쁨을 그에게서 뺏고 싶진 않네.”

“곧 그렇게 될까요?”

“그렇고말고.”

“아! 하느님, 제 아내가 기뻐하겠네요!”

그리고 햇볕에 그을린 사육자의 얼굴이 환해지는 듯했다.

“이제…….” 카브리올레 마차에 오르며 데르빌은 혼잣말했다. “적에게로 가자. 우리 패는 감추고 상대방 패를 알아내 한 방에 이기자고. 겁을 줘야 할까? 상대는 여자야. 여자들이 제일 겁내는 게 뭘까? 여자들이 겁내는 건 한 가지인데…….”

데르빌은 백작 부인의 처지를 연구하기 시작했고, 위대한 정치가들이 계획을 세우며 상대 정권의 비밀을 캐내려고 애쓸 때처럼 골똘히 생각에 잠겼다. 소송 대리인이란 이를테면 사적인 일을 담당하는 정치가가 아닌가? 소송 대리인의 천재

72) 데르빌은 여기서부터 베르니오에게 2인칭 대명사 vous(존칭) 대신 tu(평칭 또는 비칭)를 사용한다.

성을 이해하자면 여기서 짧게나마 페로 백작과 백작 부인의 상황에 관한 설명이 필요하다.

파리 고등 법원[73] 전직 재판관의 아들인 페로 백작은 공포 정치 시대[74]에 망명을 떠난 덕에 목숨을 건지고 재산을 잃었다. 통령 정부 시대에 귀국한 그는 혁명 전 아버지가 보필하던 루이 18세의 편에서 충성을 다했다. 그는 나폴레옹의 유혹에 고귀하게 맞선 포부르 생제르맹[75]파에 속했다. 당시 그냥 페로 씨라고 불리던 젊은 백작이 능력이 있다는 평을 얻자 전쟁터에서의 승리만큼이나 귀족을 정복하는 일에서도 즐거움을 느끼던 나폴레옹 황제는 그를 회유 대상으로 삼았다. 백작은 작위와 비매각 자산의 원상회복을 약속받았고, 훗날 장관직과 상원 의원 재산 세습권에 대한 언질도 들었다. 황제는 실패했다. 샤베르 백작이 전사할 당시 페로 씨는 스물여섯 살 청년이었다. 무일푼이지만 준수한 용모로 인기를 누린 그는 포부르 생제르맹이 자랑하는 유명 인사 가운데 하나였다. 한편

---

73) 구체제의 최고 법원. 귀족 중심 사법부 겸 입법부로서 귀족의 특권을 지키려는 경향이 강했다. 구체제의 잔재로 간주하여 대혁명 이후 폐지되었다.
74) 공포 정치(1792~1794) 시대에 로베스피에르를 중심으로 한 자코뱅파는 봉건제를 폐지하고, 망명 귀족의 재산을 몰수해 민중에게 나누어 주고, 농민에게 토지를 무상 분배했다. 피비린내 나는 숙청과 억압된 생활에 대한 불만으로 결국 로베스피에르가 실각하자 국민 공회는 총재 정부(1795~1799)를 수립한다. 이후 나폴레옹이 쿠데타로 정권을 장악해 반대파를 몰아내고 통령 정부(1799~1804)를 수립, 독재 권력을 구축함으로써 프랑스 제1공화정은 막을 내린다.
75) 복고 왕정 당시 귀족이 모여 살던 지역. 17세기 이전 생제르맹은 파리 교외에 속했기 때문에 '포부르(외곽) 생제르맹'이라고 부른다.

남편이 남긴 상속 재산으로 한몫 단단히 챙긴 페로 백작 부인은 열여덟 달의 과부 생활 끝에 4만 프랑 가까운 연금을 손에 넣게 되었다. 백작 부인과 젊은 백작의 결혼은 포부르 생제르맹 패에게는 놀라운 사건으로 받아들여지지 않았다. 나폴레옹은 자신이 주장하는 융합[76] 사상에 부응하는 이 결혼을 흡족히 여겨 대령의 유산 중 국고 귀속분을 샤베르 부인에게 돌려주었다. 하지만 나폴레옹의 기대는 또 한 번 어긋났다. 페로 부인은 이 청년을 단지 연인으로 사랑했을 뿐 아니라 쇠락하긴 했어도 여전히 황실을 주름잡는 그 콧대 높은 사회에 진입할 수 있다는 기대로 마음이 흔들렸다. 뜨거운 애정만큼이나 그녀의 온갖 허영심이 이 결혼을 통해 충족되었다. 그녀는 귀부인이 될 것이다. 젊은 백작의 결혼이 변절 행위가 아님이 포부르 생제르맹에 알려지자 백작 부인에게 살롱의 문이 열렸다. 왕정이 복고[77]됐다. 페로 백작의 정치적 출세는 빠르지 않았다. 그는 루이 18세가 처한 상황의 난처함[78]을 이해했고, 내부 사정을 잘 아는 핵심자로서 혁명의 심연이 닫히기를[79] 기다렸

---

76) 새로 부상하는 신흥 계급과 정통 귀족의 통합.

77) 나폴레옹의 실각으로 제1제정이 몰락하자 혁명으로 쫓겨난 부르봉 왕가의 루이 18세가 1814년 즉위하며 복고 왕정이 설립된다.

78) 루이 18세는 군주제를 재확립했지만 신앙의 자유, 법적 평등, 관직 개방, 혁명 중 재산 처리 인정 등 혁명 성과의 일부를 인정해야 했다.

79) "혁명의 심연을 닫는다."라는 표현은 반혁명 이론가인 자크 말레 뒤 팡이 1794년 처음 사용했다. 1793년 로베스피에르가 질서와 안정을 회복하여 공화국을 확립하고 혁명을 종결짓겠다는 포부를 밝히자 "사람들은 로베스피에르가 혁명의 심연을 닫을 것이라고 믿었다.(On crut que Robespierre

다. 자유주의자들이 그토록 조롱하던 왕당파의 이 말에 모종의 정치적 의미가 담겨 있었기 때문이다. 그렇기는 해도 이 소설의 서두에서 데르빌 사무소 서기가 작성하던 긴 문장에 언급된 왕령 덕분에 그는 숲 두 개와 영지 하나를 돌려받았는데 압류 기간에 그 재산 가치가 상당히 높아져 있었다. 당시 국사관 겸 사무총장이던 페로 백작은 그 지위를 정치적 출세를 위한 발판 정도로 여겼다. 야망에 불타는 그는 델베크라는 이름을 가진 파산한 전직 소송 대리인을 비서로 두었고, 소송의 온갖 꼼수에 통달한 이 영악한 남자에게 개인적인 일들의 처리를 맡겼다. 약삭빠른 법률가는 백작의 집에서 자기 처지를 충분히 이해하고 있었기에 잇속을 따지느라 청렴성을 지켰다. 주인의 신임을 얻어 한자리 차지할 욕심으로 그는 주인의 재산에 온 정성을 쏟았다. 이전의 삶과는 백팔십도로 달라진 행실을 보고 사람들은 그가 모함에 시달린다고 믿을 정도였다. 여자라면 누구나 어느 정도 타고나는 눈치와 분별력으로 집사를 꿰뚫어 본 백작 부인은 그를 교묘하게 감시하고 능숙하게 조종하고 적절하게 이용해 자기 재산을 불렸다. 페로 씨를 좌지우지하는 게 자신이라는 사실을 설득한 그녀는 자기 이익을 위해 그가 전적으로 헌신하면 프랑스 주요 도시의 제1심 법원장으로 앉혀 주겠다고 약속했다. 유리한 조건의 결혼을 하고 국회 의원이 되어 훗날 정계에서 고위직에 오르게

allait fermer l'abîme de la Révolution.)" 그러나 그러한 기대는 실현되지 않고 정치 분열은 오히려 커지기만 했다.

해 줄 종신직에 대한 약속은 델베크를 백작 부인의 하수인으로 만들었다. 그는 복고 왕정 첫 삼 년 동안 주가 변동과 부동산 가격 상승이 파리의 약삭빠른 사람들에게 제공한 유리한 기회를 단 하나도 놓치지 않도록 했다. 백작 부인이 물불을 가리지 않고 재산을 굴려 단기간에 거액을 마련하고자 했기 때문에 그만큼 더 수월하게 후원자의 자본을 세 배로 불려 주었다. 백작 부인은 백작의 직책에서 오는 급료를 생활비로 쓰며 자기 수입은 따로 모았는데, 델베크는 이런 수전노 같은 셈법에 가담하면서도 굳이 그 이유를 알려고 들지 않았다. 이런 부류의 사람은 알아야 득이 되는 비밀에만 관심을 둔다. 게다가 너무나 당연히 대부분의 파리지엔을 사로잡은 금전욕에서 그 이유를 찾았고, 또 페로 백작의 야망을 뒷받침하려면 막대한 재산이 필요했기에 간혹 백작 부인의 탐욕을 보면서도 집사는 그녀가 변함없이 사랑하는 남자에게 바치는 헌신의 결과라고 막연히 생각했다. 백작 부인은 자기 처신의 비밀을 마음속에 꼭꼭 숨겨 두었다. 그녀에게는 생사의 비밀이 있고, 그곳에 이 이야기의 핵심이 있었다. 1818년 초 복고 왕정은 표면적으로 견고한 토대에 뿌리를 내렸으니 고귀한 정신들의 공감을 얻은 정부 정책은 프랑스에 새로운 번영의 시대를 가져올 것처럼 보였으며, 그래서 파리 사회의 판도가 바뀌었다. 페로 백작 부인은 얼떨결에 사랑, 재산, 야망을 한꺼번에 거머쥔 결혼을 했음을 깨달았다. 여전히 젊고 아름다운 페로 부인은 유행의 첨병 구실을 하면서 궁정의 후광을 업고 살았다. 본인도 부자였고 남편도 부자였다. 왕당파의 최고 실력자 가운데

한 명이자 국왕의 친구로 추앙받는 남편은 장관 자리를 따 놓은 듯했고, 자신도 귀족 계급에 속해 그 영광을 나누어 가졌다. 이처럼 승승장구하던 그녀는 갑자기 도덕적 암에 걸리고 말았다. 아무리 남자가 감추려고 해도 여자가 직감적으로 알아차리는 것들이 있다. 국왕이 처음 복귀했을 때[80] 페로 백작은 그의 결혼에 대해 어떤 회한을 느끼게 되었다. 샤베르 대령의 미망인은 누구와도 인척 관계를 맺어 주지 않았고, 암초와 적으로 가득한 출셋길에서 백작은 외톨이 신세였다. 그래서 마침내 아내를 냉정하게 판단할 수 있게 되자 아내에게서 발견되는 교육상의 어떤 결함이 백작의 야망을 펼치는 데 필요한 내조에 적합지 않다는 사실을 깨달은 듯했다. 탈레랑의 결혼[81]을 두고 그가 뱉은 말이 백작 부인의 눈을 틔워 주었으니, 만약 지금이라면 그녀는 절대로 페로 부인이 되지 못할 거라는 사실이 분명해졌다. 어느 여자가 이런 후회를 용서하겠는가? 온갖 모욕, 죄악, 파경의 씨앗이 그 안에 도사리고 있

80) 1814년 왕정복고로 부르봉 왕조의 루이 18세가 즉위한다.(1차 왕정복고.) 그러나 1815년 3월 나폴레옹이 엘바섬을 탈출해 파리로 돌아오자 루이 18세는 또다시 벨기에로 도주했다가 나폴레옹의 백일천하가 끝난 6월에야 파리로 복귀한다.(2차 왕정복고.)

81) 귀족 출신인 탈레랑은 프랑스 혁명 이후에 이어진 혁명과 반혁명의 격변기를 날렵한 처세술로 헤쳐 나간 탁월한 기회주의자였다. 1802년 그가 수년 전부터 정부였던 영국 여자 카트린 노엘 월레와 결혼한 것은 나폴레옹의 명령 때문이었다. 그러나 몇 년 후부터 나폴레옹의 정책에 반대하고 자신의 결혼을 후회하기 시작한다. 결국 나폴레옹을 저버리고 루이 18세의 외무장관이 된 탈레랑은 1815년 외모는 뛰어나지만 별 "쓸모가 없던" 아내와 헤어진다.

지 않은가? 전남편이 살아 돌아올까 전전긍긍했을 생각을 하면 이 말이 백작 부인의 가슴에 어떤 상처를 남겼을지 분명하지 않은가! 그녀는 샤베르 백작이 살아 있는 줄 알면서 모르는 척했다. 그리고 샤베르의 소식을 듣지 못했을 때 제국의 독수리 깃발[82] 아래 샤베르가 부탱과 나란히 워털루에서 숨졌다고 생각하고 내심 기뻐했다. 그러면서 가장 튼튼한 동아줄인 황금 사슬로 페로 백작을 꽁꽁 붙들어 매 두기로 마음먹고, 혹시 뜻하지 않게 샤베르 백작이 돌아오더라도 그녀의 재산으로 인해 재혼이 파기 불가능할 만큼 부자가 되길 원했다. 그리고 기어코 전남편이 다시 나타나자 그녀는 자신이 두려워하던 싸움이 왜 진작에 시작되지 않았는지 이해가 되지 않았다. 아마도 남자의 고난과 질병이 그녀를 그로부터 구해 주었을 것이다. 혹시 그가 반미치광이 상태라면 또 한 번 샤랑통이 그를 정리해 줄 수 있었다. 행여 약점이라도 잡힐까, 아니면 파국을 재촉할까 두려운 마음에 그녀는 델베크에게도 경찰에게도 털어놓고 싶지 않았다. 파리에는 페로 백작 부인처럼 정체 모를 도덕적 괴물과 같이 살거나 심연의 가장자리를 걷는 여자가 허다하다. 병이 난 자리가 굳은살로 덮이면 그 여자들은 다시 희희낙락하며 놀 수 있다.

"페로 백작의 입지엔 어딘지 아주 묘한 구석이 있단 말이야." 카브리올레가 바렌 거리[83]의 페로 저택 앞에 멈추었을 때

82) 황제로 즉위한 나폴레옹은 푸른 바탕에 금색 독수리가 있는 문장을 사용했다.

83) 귀족들의 거주지인 포부르 생제르맹에 있는 거리.

데르빌이 긴 몽상에서 깨어나며 혼자 중얼거렸다. 그리고 현관 앞 계단을 오르며 생각했다. '그렇게 돈이 많고 국왕의 총애를 받는데 어떻게 아직 귀족원[84] 의원이 안 됐지? 그랑리외 부인이 말했듯이 귀족원 의원직의 남발을 막아 그 가치를 높이는 게 국왕의 방침일지도 모르지. 더군다나 고등 법원 재판관 아들은 크리용이나 로앙[85]의 자손이 아니니까. 페로 백작이 상원에 들어가려면 편법을 쓸 수밖에 없어. 그런데 만일 결혼이 깨지면 국왕이 크게 기뻐하는 가운데 딸만 있는 늙은 상원 의원한테 귀족원 의원직을 물려받지 않을까? 백작 부인을 겁주려면 이런 공갈을 하면 되겠군.'

데르빌은 얼떨결에 페로 부인의 은밀한 상처를 헤집고 부인을 갉아먹는 종양에 손을 깊이 찔러 넣었다. 그는 예쁜 겨울 식당에서 응대를 받았다. 백작 부인은 철장이 달린 작은 기둥 같은 것에 사슬로 묶인 원숭이[86]와 놀면서 점심을 먹는 중이었다. 우아한 가운을 걸치고 아무렇게나 묶은 곱슬곱슬한 머리카락이 모자 아래로 빠져나와 발랄해 보였다. 그녀는 생기 넘치고 명랑했다. 식탁 위에 은과 은도금, 나전이 반짝거렸고

---

84) 최고위층 귀족을 가리키는 지위로 1789년 대혁명 당시 폐지되었다가 왕정복고와 함께 1814년 헌장에 의해 되살아난다. 1814년부터 1848년까지 이 새로운 귀족원은 프랑스 의회 상원 구실을 했다. 귀족원 의원의 작위는 국왕의 뜻에 따라 종신으로 수여되거나 세습될 수 있었다.

85) 유서 깊은 명문 귀족 집안.

86) 당시 작은 원숭이 키우기가 파리에서 유행했다. 발자크는 「1831년의 파리」에서 "개, 고양이, 원숭이, 말이 사람보다 좋은 대접을 받는 곳"이 파리라고 적고 있다.

그 둘레에는 근사한 도자기 화병에 신기한 꽃들이 꽂혀 있었다. 가련한 남자가 짐승에 둘러싸인 가난한 사육사의 집에 기거하는 동안 샤베르 백작의 아내는 백작의 유산으로 부자가 되어 사회 꼭대기에서 호사를 누리는 것을 보고 소송 대리인은 혼자 말했다. "구닥다리 캐릭에 너절한 가발, 구멍 난 장화를 가진 남자를 남편, 심지어 애인으로 받아 줄 예쁜 여자는 없다는 것, 이게 이 일의 교훈이야." 날카롭고 신랄한 미소가 반은 철학적이고 반은 냉소적인 상념들을 드러냈다. 파리 대부분 가정이 자기 삶을 은폐하기 위해 꾸며 내는 거짓말에도 불구하고, 진상을 훤히 들여다보는 위치에 선 사람에게 떠오를 법한 상념들이었다.

"안녕하세요, 데르빌 씨." 원숭이에게 계속 커피를 먹이면서 그녀가 말했다.

"부인." 데르빌이 퉁명스럽게 말했다. 백작 부인이 "안녕하세요, 데르빌 씨."라고 할 때의 가벼운 어조에 심사가 뒤틀려서였다. "꽤 심각한 사안을 말씀드리러 왔습니다."

"안타깝네요, 백작이 출타 중이라……."

"저로선 다행입니다, 부인. 우리 협의에 백작이 참석한다면 안타까운 일이 벌어질 테니까요. 게다가 델베크에게 듣자니 백작을 번거롭게 할 필요 없이 부인께서 직접 일을 처리하신다지요."

"그럼 델베크를 불러야겠네요." 그녀가 말했다.

"유능한 사람이긴 하지만 부인에게 도움이 되진 않을 겁니다." 데르빌이 말을 이었다. "부인, 제 말씀을 들으세요. 한마디면 부인도 진지해지실 겁니다. 샤베르 백작이 살아 있습니다."

"그딴 헛소리로 나를 진지하게 만들겠다는 건가요?" 그녀가 웃음을 터트리며 말했다.

그러나 영혼의 밑바닥을 읽듯이 그녀를 심문하며 주시하는 시선에서 느껴지는 범상한 통찰력에 백작 부인은 갑자기 꼬리를 내렸다.

"부인." 차갑고 날 선 엄격함으로 그가 응수했다. "부인에게 닥칠 위험이 얼마나 큰지 모르시는군요. 샤베르 백작의 생존을 입증하는 서류의 명백한 진정성에 대해서도, 증거 자료의 확실성에 대해서도 말씀드리지 않겠습니다. 제가 불리한 소송을 떠맡을 사람이 아니라는 건 부인께서도 잘 알고 계십니다. 만일 우리가 사망 증서 허위 기재에 관한 소를 제기할 때 반대하면 부인은 그 첫 소송에서 패할 테고, 일단 이 문제가 우리에게 유리하게 판결 나면 다른 소송에서도 우리가 승소할 겁니다."

"대체 무슨 이야기를 하려는 건가요?"

"대령에 관한 것도, 부인에 관한 것도 아닙니다. 그리고 머리 좋은 변호사들이 이 사건의 얄궂은 사실들을 무기 삼아 작성할 소송 청구 취지에 관한 것도, 두 번째 남편과 혼인하기 전에 부인이 전남편에게 받은 편지들을 들춰내 얻을 수 있는 이득에 관한 것도 아닙니다."

"거짓말이에요!" 잘난 척하는 작은 아가씨처럼 백작 부인이 앙칼지게 말했다. "난 샤베르 백작의 편지를 받은 적이 없어요. 그리고 만일 누군가 대령을 사칭한다면 그건 사기꾼이

거나 쿠아냐르[87] 같은 탈옥수일 게 뻔하잖아요. 생각만 해도 끔찍해요. 대령이 살아 돌아오는 게 가능한 일인가요? 보나파르트가 보낸 부관이 그의 죽음에 대한 조의를 표했고, 난 아직도 상원과 하원에서 백작의 미망인에게 지급하는 3000프랑의 연금을 받고 있어요. 이제껏 나타난 모든 샤베르를 되돌려 보낸 게 백번 천번 옳았듯이 장차 나타날 샤베르도 되돌려 보낼 거예요."

"우리 둘만 있어 다행입니다, 부인. 편안하게 거짓말을 하실 수 있으니까요." 데르빌이 차갑게 응수했다. 상대편이나 의뢰인이 흥분해 날뛸 때도 침착함을 유지하는 것이 몸에 밴 소송 대리인들이 흔히 쓰는 전략대로, 그는 말실수를 노리며 일부러 부인을 자극하고 화를 돋우는 중이었다.

"자 그럼, 우리 둘의 승부다." 그는 혼자 말하면서 곧바로 부인의 허를 찌를 계략을 생각해 냈다. "첫 번째 편지가 전달됐다는 증거가 있습니다, 부인." 그가 큰 소리로 말을 이었다. "편지에 들어 있던 어음들이……."

"아! 어음 같은 건 없었어요."

"그러니까 첫 번째 편지를 받긴 받았군요." 데르빌이 웃으며 말했다. "소송 대리인이 함정을 파자마자 걸려들고서도 법원과 싸울 수 있다고 믿으시다니……."

백작 부인은 얼굴이 새빨개졌다가 하얘지더니 손으로 얼굴

87) 피에르 쿠아냐르(Pierre Coignard, 1774~1834)는 1805년 탈옥한 유명한 도형수다. 절도죄로 수감 도중 탈옥해 생텔렌 백작을 사칭하며 여러 사기 행각을 벌이다 1819년 체포되어 1834년 옥사했다.

을 가렸다. 그런 다음 수치심을 털어 내고 이런 부류의 여자들에게는 자연스러운 태연함을 되찾고 말했다.

"당신이 샤베르를 사칭하는 자의 소송 대리인이라니 부디 내게……."

"부인." 그녀의 말을 가로막으며 데르빌이 말했다. "현재 저는 대령의 소송 대리인이자 아직 부인의 소송 대리인입니다. 부인처럼 소중한 고객을 잃고 싶을 리가 없잖습니까? 하지만 부인께서 제 이야기를 듣길 거부하시니……."

"말씀하세요, 선생." 그녀가 상냥하게 말했다.

"부인의 재산이 백작에게서 온 것인데도 부인은 백작을 내쫓았습니다. 부인의 재산이 막대한데도 백작을 구걸하도록 버려두고 있습니다. 부인, 사건 자체가 설득력이 있는 경우 변호사의 변론은 설득력을 얻고, 또 이 사건의 정황상 부인에게 불리한 여론이 조성될 수 있습니다."

"하지만, 선생." 그녀를 석쇠 위에 올려놓고 요리조리 뒤집어 대는 데르빌의 솜씨에 애가 타 백작 부인이 말했다. "당신이 말한 샤베르 씨가 생존해 있다 해도 법원은 아이들 때문에 내 재혼을 유지할 테고, 나는 샤베르 씨에게 22만 5000프랑을 돌려주면 그걸로 끝이에요."

"부인, 법원이 애정 문제를 어느 측면에서 바라볼지 모릅니다. 한쪽에 어머니와 자녀가 있다면 다른 한쪽에는 부인으로 인해, 부인에게 버림받아 늙어 버린, 불행에 짓눌린 남자가 있습니다. 어디서 그가 아내를 찾을까요? 그리고 재판관들이 법에 저촉되는 일을 할 수 있을까요? 부인과 대령의 결혼은 대령에게 권리이자 우선권이 있습니다. 그런데 만일 부인의 모습이 역겨운 색으로 그려지면 부인에게 생각지도 못한 적이 생길 수 있습니다. 부인, 저는 바로 그 위험에서 부인을 지키고자 하는 겁니다."

"새로운 적이라……." 그녀가 말했다. "누군데요?"

"페로 백작입니다, 부인."

"페로 씨는 나를 무척 아끼고, 또 아이들의 친모인 나를 매우 존중하기 때문에……."

"속내를 환히 들여다 보는 소송 대리인에게 그런 말도 안 되는 이야기는 관두시죠." 데르빌이 백작 부인의 말을 끊으며 말했다. "현재로선 페로 씨가 결혼을 파기할 마음이 전혀 없고 부인을 깊이 사랑한다고 저도 확신합니다. 하지만 만일 누군가 그의 결혼이 무효가 될 소지가 있고 여론 재판에서 부인이 범죄자로 비칠 수 있다고 귀띔한다면……."

"내 편이 돼 주겠죠!"

"아닙니다, 부인."

"그가 날 버릴 이유가 뭔가요, 선생?"

"하지만 국왕의 칙령에 따라 의원직을 세습해 줄 귀족원 의원의 외동딸과 결혼하기 위해서라면……."

백작 부인이 하얗게 질렸다.

'옳거니!' 데르빌은 속으로 외쳤다. '됐어, 걸려들었어. 가련한 대령의 사건은 이긴 거야.' "게다가, 부인." 그가 큰 소리로 말을 이었다. "명예로운 남자, 장군, 백작, 레지옹 도뇌르 대장군이 그리 만만한 상대는 아닌 까닭에 페로 백작이 느낄 회한도 그리 크지는 않을 겁니다. 그리고 만약 이 남자가 아내를 돌려 달라고 요구하면……."

"그만! 그만! 선생." 그녀가 말했다. "내 소송 대리인은 선생뿐이에요. 어떻게 하면 되죠?"

"합의입니다." 데르빌이 말했다.

"그가 아직 날 사랑하나요?" 그녀가 말했다.

"하지만 그로서는 다른 도리가 없어 보입니다."

순간 백작 부인이 고개를 들었다. 눈에 한 줄기 희망의 빛이 어렸다. 여자의 계략으로 전남편의 애정을 이용해 승소할 속셈인 모양이었다.

"부인의 지시를 기다릴 테니 우리 쪽 서류를 부인께 보낼지 아니면 부인께서 사무소에 나와 합의의 기본 사항을 결정하실지 알려 주십시오." 백작 부인에게 인사하며 데르빌이 말했다.

데르빌이 두 사람을 방문하고 일주일이 지난 6월의 어느 화창한 아침, 거의 초자연적인 우연으로 인해 헤어졌던 부부가 서로를 만나러 파리에서 가장 대조되는 두 지점[88]을 출발해 공동 소송 대리인의 사무실에 나타났다. 데르빌이 넉넉하게 건네준 선지급금 덕분에 샤베르 대령은 격에 맞는 옷을 갖춰 입었다. 그래서 사망자는 아주 깔끔한 카브리올레 마차를 타고 도착했다. 얼굴에 어울리는 가발을 머리에 쓰고, 파란색

---

88) 최상류층 거주지인 포부르 생제르맹과 최하류층 거주지인 포부르 생마르소를 말한다.

나사와 흰색 리넨을 입고, 양복 조끼 아래에는 레지옹 도뇌르 대장군의 빨간 리본을 달았다. 여유롭던 시절의 생활 습관을 되찾자 그는 예전의 군인다운 기품을 회복했다. 자세는 꼿꼿했다. 행복과 온갖 희망이 깃든 진지하고 신비로운 얼굴은 젊어진 듯했고, 미술에서 가장 회화적인 표현을 빌리자면 예전보다 더 두꺼운 필치로 그려진 것처럼 보였다.[89] 옛 40프랑짜리 큰 동전[90]과 새로 주조된 40프랑 동전이 다르게 생겼듯이 이제 그는 구닥다리 캐릭 차림의 샤베르와는 다른 사람 같았다. 그를 본 행인들은 옛 프랑스 군대의 아름다운 잔해 중 하나를, 햇빛을 받은 거울 조각이 햇살 하나하나를 그대로 반사하듯이 조국 프랑스의 영예를 구현하는 영웅적인 인물 가운데 한 명을 대번에 알아보았을 것이다. 이런 노병들은 한 사람 한 사람이 다 그림이자 책이다. 청년처럼 경쾌한 몸짓으로 마차에서 뛰어내린 백작은 데르빌의 사무소로 올라갔다. 백작이 타고 온 카브리올레가 떠나자마자 이내 온통 문장(紋章)으로 장식한 예쁜 쿠페가 도착했다. 페로 백작 부인이 마차에서 내렸다. 수수하지만 젊은 몸매가 돋보이도록 교묘하게 계산된 옷차림이었다. 장밋빛 안감을 댄 멋진 카포트 모자[91]가 얼굴

---

89) 유화 물감을 두껍게 칠해 표면과 질감에 다양한 변화를 줄 때 사용하는 임파스토 기법이다.

90) 제1제정기에 발행한 액면 단위 40프랑짜리 금화로 나폴레옹의 초상이 새겨져 있다. 흔히 '나폴레옹 금화' 혹은 '루이 금화'로 불리는 20프랑 금화보다 크고 무거운 것이 특징이다.

91) 얼굴을 다 가릴 만큼 챙이 넓고 턱밑에서 리본을 묶는 여성용 보닛의 일종으로 제정 시대에 유행했다.

윤곽을 가리며 완벽하게 감싸 더 젊어 보였다. 소송 의뢰인들은 젊어졌어도 사무소는 예전 그대로였으니 이 이야기를 처음 시작할 때 서두에 묘사한 풍경을 고스란히 간직하고 있었다. 시모냉이 열린 창문에 어깨를 기댄 채 점심을 먹는 중이었다. 그는 네 개의 어두운 건물로 둘러싸인 안마당의 개구부를 통해 파란 하늘을 올려다보고 있었다.

"아하!" 어린 서기가 외쳤다. "누구 내기할 사람 없어요? 샤베르 대령이 장군이고 빨간 리본[92]이라는 데 걸 사람?"

"소장님은 굉장한 마법사군!" 고데샬이 말했다.

"그럼 이번에는 그를 곯려 줄 거리가 없나요?" 데로슈가 물었다.

"그 사람의 아내인 페로 백작 부인이 알아서 하겠지!" 부카르가 말했다.

"저런." 고데샬이 말했다. "그러니까 페로 백작 부인은 꼼짝없이 두 남자에게……."

"저기 여자가 왔어요!" 시모냉이 말했다.

그때 대령이 들어와 데르빌을 찾았다.

"안에 계세요, 백작님." 시모냉이 대답했다.

"그러니까 귀머거리가 아니라는 거지, 맹랑한 녀석?" 샤베르가 도랑 뜀꾼의 귀를 잡아 비틀며 말했다. 서기들은 좋아라 하며 깔깔대고는 호기심이 어린 존경을 표하며 이 비범한 인물을 바라보았다.

---

92) 레지옹 도뇌르 훈장을 뜻한다.

샤베르 백작이 데르빌의 사무실에 있을 때 백작의 아내가 사무소 문으로 들어섰다.

"이런, 부카르, 소장님 집무실에서 희한한 장면이 벌어지겠군요! 저 여잔 짝수 일에는 페로 백작에게, 홀수 일에는 샤베르 백작에게 가면 되겠네요."

"윤년에는……." 고데샬이 말했다. "백작끼리 셈[93]이 딱 맞아떨어지겠군."

"입 다물어요! 여러분, 다 들리겠소." 부카르가 엄하게 꾸짖었다. "의뢰인을 놓고 당신들처럼 농지거리하는 사무소는 본 적이 없소."

백작 부인이 등장했을 때는 데르빌이 백작을 침실로 들어가 있게 한 뒤였다.

"부인." 데르빌이 말했다. "샤베르 백작과의 대면을 반기실지 아닐지 알 수 없어서 두 분을 따로 모셨습니다. 하지만 원하신다면……."

"선생, 배려에 감사드립니다."

"부인과 샤베르 씨가 이 자리에서 증서 조항들을 논의하도록 제가 증서의 정본[94]을 준비했습니다. 부인과 백작 사이를 오가며 제가 양쪽의 생각을 전달하겠습니다."

"봅시다, 선생." 백작 부인이 조바심을 내며 말했다.

데르빌이 읽었다.

---

93) 동음이의어를 이용한 말장난이다. 프랑스어에서 백작(comte)과 계산, 셈(compte)은 둘 다 '콩트'로 발음한다.

94) 원본과 마찬가지로 정본에도 기명 날인 또는 서명이 필요하다.

"아래 서명한,

파리 프티방키에 거리에 거주하는,

이아생트 샤베르 씨, 백작, 여단장, 레지옹 도뇌르 대장군과

앞서 언급한 샤베르 백작의 배우자 로즈 샤포텔, 혼인 전 성은……"

"넘어가세요." 백작 부인이 말했다. "전문[95]은 건너뛰고 바로 조건으로 넘어가세요."

"부인." 소송 대리인이 말했다. "전문에서는 두 분의 입장을 간략히 기술하고 있습니다. 그리고 1조에서 부인이 인정할 사항은 다음과 같습니다. 증인 세 명의 입회하에(그중 두 명은 공증인이고 한 명은 남편이 거주하는 집의 사육사입니다. 비밀 엄수를 조건으로 제가 부인의 사건을 이야기했으니 이들은 끝까지 함구할 것입니다.) 사서 증서[96]의 부속 서류에 이름이 명시되고 또한 부인의 공증인 알렉상드르 크로타의 사무소에서 작성한 신원 확인서를 통해 신원이 증명된 자가 부인의 전남편 샤베르 백작이 맞는다는 것, 아까 말씀드렸듯이 그것을 부인께서 인정하시는 겁니다. 2조에 따라 샤베르 백작은 부인의 이익을 보호하기 위해 본 증서에 기재된 경우를 제하고는 자기 권리를 행사하지 않을 것을 서약합니다. 본 증서에 기재된 예외

---

95) 본문에 합의하기 전 일반적인 합의 사항을 기재한 첫머리 부분의 문언.

96) 공증은 공증인이 직접 작성한 공문서인 공정 증서와 개인이 작성한 후 서류상 서명 날인이 본인의 의사에 의한 것임을 공증받은 사문서인 사서 증서로 나뉜다. 사서 증서는 문서 내용이 사실인지 아닌지 확인하지 않는다.

란……." 일종의 삽입구처럼 데르빌이 말했다. "다름 아니라 이 비밀 합의서의 조항이 제대로 이행되지 않을 때를 말합니다. 샤베르 대령 쪽에서는……." 그가 말을 이었다. "부인과의 합의를 통해 사망 증서를 무효화하고 혼인 파기를 선언할 소송을 제기하는 데 동의합니다."

"전혀 받아들일 수 없어요." 백작 부인이 기겁해서 말했다. "난 소송을 원치 않아요. 이유를 아시잖아요."

"3조에 따라……." 흐트러짐 없는 침착한 태도로 소송 대리인이 말을 이었다. "부인께서는 이아생트 샤베르 백작의 명의로 국채 장부[97]에 종신 연금 2만 4000프랑을 설정할 것을 서약합니다. 단, 백작이 사망하면 연금 자산은 부인에게 귀속되고……."

"하지만 너무 비싸요." 백작 부인이 말했다.

"더 싸게 합의할 방법이 있을까요?"

"어쩌면요."

"그래서 뭘 원하시나요, 부인?"

"내가 원하는 건, 나는 소송은 원하지 않아요, 내가 원하는 건……."

"그가 사망자로 남는 거겠죠." 그녀의 말을 끊고 데르빌이 격하게 말했다.

"선생." 백작 부인이 말했다. "2만 4000프랑을 연금으로 내

97) 1793년 8월 24일 칙령에 따라 고안된 연금 제도로 연금 납부자가 아닌 제삼자를 종신 연금 수급자로 지정할 수 있다.

줄 바엔 차라리 소송해서……."

"그래, 소송하자고." 벌컥 문을 열어젖힌 백작이 아내 앞에 들이닥쳐 가라앉은 목소리로 외쳤다. 한 손은 양복 조끼 안에 찔러 넣고 다른 한 손은 바닥을 향해 뻗은 자세였는데, 그가 겪은 모험의 기억은 그 자세에 끔찍한 에너지를 부여했다.[98]

"그이다." 백작 부인은 혼자 중얼거렸다.

"너무 비싸다고!" 늙은 군인이 다시 말했다. "당신에게 거의 100만 프랑을 줬는데도 당신은 내 불행의 가격을 흥정하는군. 허! 그래, 이제 당신과 당신 재산을 도로 찾아와야겠어. 우린 모든 재산을 공유하고 결혼이 종료되지 않았으니……."

"하지만 댁은 샤베르 대령이 아니에요." 백작 부인이 놀란 척하며 외쳤다.

"아하!" 노인이 심히 빈정거리는 어조로 말했다. "증거를 댈까? 내가 당신을 팔레 루아얄[99]에서 데려왔지……."

백작 부인의 얼굴이 창백해졌다. 홍조 띤 얼굴이 하얗게 질리는 것을 보며 늙은 군인은 한때 뜨겁게 사랑하던 여자에게 지독한 아픔을 준 것이 마음에 걸려서 말을 멈추었다. 하지만 너무도 표독스러운 눈이 쏘아보자 갑자기 다시 입을 열었다.

---

98) 나폴레옹을 연상시키는 자세다. 자크 루이 다비드(Jacques Louis David, 1748~1825)가 그린 「집무실의 나폴레옹」(1812)을 비롯한 많은 초상화에서 나폴레옹은 한쪽 손을 조끼에 찔러 넣은 특유의 자세를 취하고 있다.

99) 팔레 루아얄은 프랑스 혁명기와 복고 왕정기에 매음굴로 유명하던 곳이다.

"당신이 있던 곳은……."

"제발, 선생." 백작 부인이 소송 대리인에게 말했다. "이 자리를 벗어나게 해 주세요. 저런 끔찍한 말이나 듣자고 여기 온 게 아니에요."

그녀는 일어나 밖으로 나가 버렸다. 데르빌이 사무소로 쫓아갔다. 백작 부인은 이미 날개를 되찾아 하늘로 올라가 버린 모양이었다. 집무실로 돌아온 소송 대리인은 큰 걸음으로 서성대는 대령을 발견했다.

"당시엔 다들 자기가 원하는 곳에서 아내를 데려왔소." 대령이 말했다. "하지만 외모만 보고 잘못 선택한 건 내 잘못이었소. 무정한 여자요."

"거 참 그러니, 대령, 여기 오지 말라고 말씀드린 제가 맞지 않았습니까? 저는 이제 선생의 정체에 대해 확신하게 됐습니다. 선생이 나타나자 백작 부인이 움찔했고, 그게 무슨 뜻인지는 분명합니다. 그러나 선생은 이미 소송에서 졌습니다. 선생이 몰라보게 변했다는 걸 부인이 알았으니……."

"여자를 죽여 버리겠소……."

"미쳤군요! 체포돼 비참한 인간처럼 단두대에서 죽게 될 거예요. 게다가 그 일마저 그르칠 겁니다! 용서받지 못할 일이죠, 아내를 죽이려면 절대 아내를 놓쳐서는 안 되니까요. 어리석은 실수를 만회하는 일은 제게 맡기세요, 덩치만 큰 어린애로군요! 이제 돌아가세요. 몸조심하세요, 그 여자가 선생을 함정에 빠뜨려 샤랑통에 가둘지도 몰라요. 불의의 사고로부터 선생을 지키려면 여자에게 우리 증서를 전달해야겠어요."

가련한 대령은 젊은 은인에게 순종하고 떠듬떠듬 사과하면서 밖으로 나갔다. 좀 전에 받은 충격, 그에겐 가장 잔인하고 폐부 가장 깊숙한 곳에 내리꽂힌 그 충격에 절망한 듯 침울한 생각에 빠져 느릿느릿 어두운 계단을 내려가던 그가 마지막 계단참에 이르렀을 때 드레스 스치는 소리가 들리더니 아내가 나타났다.

"이쪽으로 오세요, 므슈." 예전에 익숙했던 몸짓으로 그녀가 백작의 팔짱을 끼며 말했다.

백작 부인의 행동, 다시 나긋해진 목소리의 어조가 대령의 분노를 잠재우고도 남았다. 대령은 순순히 마차까지 따라갔다.

"자, 그럼, 타세요!" 하인이 발판을 펼치자 백작 부인이 대령에게 말했다.

그래서 마법에 홀린 듯 어느새 그는 쿠페 마차 안 아내의 옆자리에 앉아 있었다.

"어디로 모실까요, 부인?" 하인이 물었다.

"그로슬레[100]로 가요." 그녀가 말했다.

말들이 출발해 파리 시내 전체를 가로질렀다.

"므슈!" 일생에 몇 번 느끼기 힘든 벅찬 감동을 보여 주어 우리 내면을 송두리째 뒤흔드는 목소리로 백작 부인이 대령에게 말했다.

그런 순간에는 심장, 힘줄, 신경, 표정, 몸과 마음, 모든 것이, 모공 하나하나까지 전율한다. 생명이 더는 우리 내부에 있다

---

100) 파리 중심부에서 11킬로미터가량 떨어진 곳에 있는 마을.

고 느껴지지 않는다. 생명이 우리 밖으로 빠져나와 분출하며 시선과 목소리의 어조와 몸짓을 통해 전염병처럼 전파되어 다른 사람에게 우리 의지를 강요한다. 단 한 마디, 그 첫마디, 그 무시무시한 "므슈!"라는 말만 듣고도 늙은 군인은 전율했다. 그러나 그것은 또한 비난이자 간청, 용서, 희망, 절망이며 질문이자 대답이었다. 그 말에 모든 것이 담겨 있었다. 연극배우가 아니고서는 말 한마디에 그 많은 웅변, 그 많은 감정을 쏟아 넣을 수 없었다. 진실은 그다지 표현이 완벽하지 않고, 모든 것을 겉으로 드러내지 않고, 속에 간직한 모든 것을 가만히 내비친다. 대령은 의심하고 요구하고 분노했던 스스로를 천 번 만 번 자책하면서 흔들리는 마음을 들키지 않으려고 눈을 내리깔았다.

"므슈." 감지할 수 없을 만큼 잠깐 멈추었다가 백작 부인이 다시 말을 이었다. "저는 당신을 분명하게 알아봤어요!"

"로진."[101] 늙은 군인이 말했다. "내 불행을 잊게 할 유일한 안식이 그 말에 담겨 있군."

뜨겁고 굵은 눈물 두 방울이 아내의 손 위로 떨어지자 아버지 같은 애정을 표현하려고 그는 그 손을 꼭 쥐었다.

"므슈." 그녀가 말했다. "저처럼 애매한 처지에서 낯선 사람 앞에 나서는 게 얼마나 끔찍하고 괴로운지 어떻게 모르실 수 있어요! 제 처지를 부끄러워할 입장이지만 최소한 이 일은 가족끼리만 알았으면 해요. 이 비밀을 우리 마음속에 묻어 둬야

101) 백작 부인의 이름인 로즈의 애칭.

하지 않을까요? 설령 제가 샤베르라는 사람의 불행에 냉담한 것처럼 보이더라도 바라건대 용서하세요. 저로서는 그런 사람이 있다고 믿어선 안 되니까요. 당신 편지를 받긴 했어요." 남편의 표정에서 반박하려는 기미를 읽자 그녀가 재빨리 말했다. "하지만 아일라우 전투가 끝나고 열세 달이 지난 뒤에야 편지가 도착했어요. 뜯어지고 훼손된 데다 필체도 알아보기 힘들고, 또 재혼 계약에 관해 나폴레옹의 허락을 받은 뒤라 어떤 교활한 사기꾼이 저를 농락하는 줄 알았어요. 페로 백작의 평온을 깨뜨리지 않고 가족의 화목을 해치지 않으려면 가짜 샤베르를 경계해야 했어요. 제가 틀렸나요? 말씀해 보세요."

"맞아, 그대가 옳았어. 그런 사정을 좀 더 헤아리지 못한 내가 바보고, 짐승이고, 얼간이지. 근데 지금 어디로 가는 거지?" 라샤펠 성벽에 도착한 것을 보고 대령이 물었다.

"제 시골집이요. 몽모랑시 계곡의 그로슬레 근처예요. 거기서, 므슈, 우리가 취할 방안에 대해 함께 고민해 봐요. 제가 지켜야 할 도리에 대해서는 잘 알고 있어요. 법적으로는 제가 당신에게 속하지만 실제로는 이제 그렇지 않아요. 우리가 파리 전체의 웃음거리가 되길 바라세요? 저로선 어이없는 측면이 있는 이 상황을 세상천지에 알리지 말고 우리 품위를 지키도록 해요. 당신은 아직 절 사랑해요." 애처롭고도 다정한 시선을 대령에게 던지며 그녀가 말을 이었다. "하지만 저는 다른 관계를 맺어도 된다고 허락을 받은 게 아니었던가요? 이런 기이한 처지에서 어떤 은밀한 목소리가 제게 말하는군요. 제가 익히 잘 아는 당신의 선의를 믿어도 된다고요. 당신을 제 운명의 유일한 심판자로 삼으면 잘못일까요? 당신이 판관이자 이해 당사자로서 문제를 결정지어 주세요. 당신의 고귀한 인품을 믿어요. 본의 아니게 제 불찰로 생겨난 일을 당신은 넓은 아량으로 용서해 주실 거예요. 그래서 솔직히 고백하자면 저는 페로 씨를 사랑해요. 그를 사랑해도 되는 줄 알았어요. 당신 앞에서 이런 고백을 한다고 해서 부끄럽지 않아요. 당신 기분이 상할 수는 있지만 우리 명예는 조금도 더럽혀지지 않았어요. 당신에게 진실을 감출 수는 없어요. 운명의 장난으로 과부가 되었을 때 제겐 아이가 없었어요."

대령은 손짓으로 아내에게 침묵을 명했고, 2킬로미터를 가는 내내 그들은 한마디도 나누지 않았다. 샤베르는 눈앞에 두 아이가 보이는 듯했다.

"로진!"

"므슈?"

"그럼 죽은 자가 살아 돌아오는 건 정말 잘못된 일인가?"

"오! 므슈, 아뇨, 아뇨! 배은망덕하다고 생각지 마세요. 다만 당신이 배우자를 남겨 놓고 떠난 자리에 지금은 사랑에 빠진 여자, 아이 엄마가 있는 것뿐이에요. 당신을 사랑하는 건 이제 제 능력을 벗어나는 일이지만 당신에게 빚진 모든 것을 다 알고 여전히 딸 같은 애정은 아낌없이 드릴 수 있어요."

"로진." 푸근한 목소리로 노인이 말했다. "더는 그댈 원망하지 않겠어. 다 잊어버리자고." 늘 아름다운 영혼을 비춰 주는 기품 있는 미소를 지으며 그가 말했다. "이미 마음이 떠난 여자에게 빈껍데기 사랑을 요구할 만큼 막되진 않았으니."

백작 부인이 어찌나 고마움이 묻어나는 눈으로 쳐다보던지 가련한 샤베르는 아일라우의 묘혈 속으로 다시 돌아가고 싶은 심정이었다. 어떤 남자들은 그런 희생마저 감수할 만큼 강인한 영혼을 지녔다. 사랑하는 이를 행복하게 만들었다는 확신으로 그들은 보상받는다.

"벗이여, 이 모든 것은 나중에, 그리고 차분히 이야기해요." 백작 부인이 말했다.

이 주제로는 대화를 오래 이어갈 수 없었기 때문에 다른 주제로 넘어갔다. 암시적으로든 본심으로든 부부의 대화가 자주 그들의 기구한 상황으로 되돌아오긴 했지만 그들은 예전 결혼 시절의 사건과 제정 시대의 일들을 떠올리며 즐거운 여행을 했다. 백작 부인은 이런 추억에 달콤한 매력을 부여하는 방법을 터득하고 있었고, 대화에 애잔한 색조를 입혀 진지함을 유지했다. 그녀는 백작의 사랑을 되살리면서 욕망은 조금도 자극하지 않았고, 전남편에게 예전에 그녀가 맛보았던 정신적 풍요를 살짝살짝 내보이면서도 앞으로는 사랑하는 딸 옆에서 아버지가 누리는 기쁨 정도로만 행복을 제한해야 한다는 생각에 그를 길들이려고 애썼다. 대령이 알던 것은 제정 시대의 백작 부인이었지만 재회한 것은 복고 왕정 시대의 백작 부인이었다. 마침내 부부는 샛길을 지나 마르장시[102] 언덕과 그로슬레의 예쁜 촌락을 나누는 작은 골짜기에 자리한 큰 정원에 도착했다. 백작 부인이 그곳에 멋진 집을 소유하고

---

102) 파리에서 11킬로미터 떨어진 곳에 있는 작은 마을.

있었다. 도착했을 때 백작은 그와 아내가 머무는 동안 필요한 모든 것이 준비된 것을 보았다. 불운은 우리의 타고난 본성을 강화하는 신묘한 부적 같아서 어떤 이에게는 불신과 악의를 자극하지만 곧은 성품을 지닌 이에게서는 선의를 키운다. 불운은 대령을 전보다 더 기꺼이 남을 돕는 더욱 선량한 사람으로 만들어서 그는 대체로 남자들이 잘 모르는 여자들의 고통의 비밀을 이해할 수 있었다. 그러나 의심이 많지 않은 그로서도 아내에게 물을 수밖에 없었다. "그러니까 날 여기 데려올 자신이 있었던 거로군."

"네, 소송 당사자가 샤베르 대령 본인이 맞는다면요." 그녀가 대답했다.

그녀가 일부러 솔직한 척 대답하자 사소한 의혹들이 금방 사라지며 대령은 의심했던 자신을 부끄럽게 여겼다. 사흘 동안 백작 부인은 전남편을 알뜰히 보살폈다. 지극한 정성과 끈기 있는 애정으로 그녀는 그가 겪은 역경의 기억을 지우고, 또 그녀의 고백에 따르자면 그녀가 본의 아니게 초래했다는 불행에 대해 용서받고 싶은 것처럼 보였다. 우리는 특정한 태도, 마음이나 정신의 어떤 교태에 특히 더 민감해 그것에 넘어가기 때문에 그녀는 그가 어떤 매력에 약한지 알고 그 매력을 발휘하면서 은근슬쩍 우수를 내비쳤다. 그녀는 대령이 그녀의 처지에 관심을 기울이고 안쓰럽게 여기게 하여 마음을 사로잡고 멋대로 조종하려 했다. 목적을 달성하기 위해 물불을 가리지 않는 그녀는 아직 이 남자를 어떻게 해야 할지 난감했지만 사회적으로 매장하고 싶은 것만큼은 분명했다. 사흘째 되는 날 저녁 그녀는 아무리 애써도 자신이 꾸민 계략이 어떤 결과를 초래할지 불안을 감추기 힘들었다. 잠시 마음의 안정을 찾기 위해 자기 방으로 올라가 서류함이 달린 책상 앞에 앉은 그녀는 샤베르 백작 앞에서 쓰고 있던 평정심의 가면을 벗어던졌다. 마치 힘든 5막을 끝내고 기진맥진해 분장실로 돌아와 반쯤 쓰러져 축 늘어진, 자기 이미지를 객석에 남겨 놓고 온 여배우 같았다. 그녀는 쓰다 만 편지를 마무리하기 시작했다. 델베크에게 그녀를 대신해 데르빌을 찾아가 샤베르 대령과 관련된 증서를 요청해 복사한 다음 곧장 그녀를 만나러 그로슬레로 오라고 했다. 편지를 끝내자마자 복도에서 대령의 발소리가 들렸다. 애가 타서 그녀를 찾아 나선 것이다.

"세상에!" 그녀가 큰 소리로 외쳤다. "차라리 죽어 버렸으면! 견딜 수가 없어……."

"아! 대체 무슨 일이오?" 순진한 노인이 물었다.

"아무것도, 아무것도 아니에요." 그녀가 말했다.

그녀는 자리에서 일어나 대령을 남겨 둔 채 아래층에 내려가 아무도 듣지 않는 곳에서 하녀에게 파리로 가서 방금 쓴 편지를 델베크한테 직접 전하고 그가 편지를 읽는 즉시 다시 가져오라고 일렀다. 그런 다음 백작 부인은 백작이 원하면 언제든지 찾을 수 있도록 보란듯이 눈에 잘 띄는 긴 의자에 가 앉았다. 진작부터 아내를 찾아다니던 대령이 달려와 옆에 앉았다.

"로진." 그가 말했다. "무슨 일이오?"

그녀는 대꾸하지 않았다. 장엄하고 고요한 저녁이었고, 저녁의 신비로운 조화가 6월 석양 속에서 감미로움을 가득 내뿜었다. 공기는 맑고 고요함은 깊어서 정원 저편 멀리에서 아이들의 목소리가 들려왔다. 그 소리가 풍경의 숭고함에 일종의 선율을 더했다.

"대답 안 할 작정이오?" 대령이 아내에게 물었다.

"남편이……." 백작 부인은 말을 끊고 움찔하더니 얼굴을 붉히며 물었다. "페로 백작을 뭐라고 불러야 할까요?"

"남편이라고 불러요, 내 가엾은 아기." 대령이 너그러운 어조로 말했다. "당신 아이들의 아버지잖나?"

"아! 그럼……." 그녀가 말했다. "만약 남편이 저더러 무엇 하러 여기 왔는지 물으면, 이곳에서 제가 낯선 남자와 칩거한 걸 알면 뭐라고 해야 할까요? 제 말 좀 들어 보세요, 므슈." 그녀가 위의 있는 태도로 말을 이었다. "제 운명을 결정해 주세요, 무엇이든 감수하겠어요……."

"여보." 대령이 아내의 손을 잡고 말했다. "난 당신의 행복을 위해 나를 완전히 희생하기로 마음먹었어……."

"그건 불가능해요." 경련을 일으키듯 몸을 떨면서 그녀가 소리쳤다. "그러려면 당신 자신을 포기해야 한다는 것을 꼭 유념해 주세요, 그것도 공증된 방식으로……."

"뭐라?" 대령이 말했다. "내 약속만으로는 충분치 않다는 거요?"

공증이라는 단어가 노인의 심장 위로 툭 떨어지며 의도치 않은 의심을 일깨웠다. 그가 던진 눈길에 그녀가 얼굴을 붉히고 시선을 떨구자 그는 아내를 경멸하지 않을 수 없는 자기 처지가 두려워졌다. 백작 부인은 행여 그 관대한 성품과 순박한 덕성을 익히 아는 남자의 길들지 않은 수치심, 엄격한 청렴성을 건드린 건 아닌지 겁이 났다. 비록 이런 생각이 두 사람의 이마에 먹구름을 좀 드리우기는 했지만 이내 그들 사이에 친밀감이 되살아났다. 멀리서 아이의 비명이 들렸다.

"쥘, 누이를 가만히 놔둬요." 백작 부인이 외쳤다.

"뭐! 당신 아이들이 여기에 있는 거요?" 대령이 말했다.

"네, 하지만 당신을 귀찮게 하면 안 된다고 일러 뒀어요."

그토록 자상한 배려 속에 감추어진 여성적인 세심함과 감각을 깨닫고 늙은 군인은 백작 부인의 손을 잡고서 입을 맞추었다.

"애들을 불러요." 그가 말했다.

여자아이가 달려와 오빠에 대해 투덜댔다.

"엄마!"

"엄마!"

"오빠가……."

"얘가……."

어머니를 향해 손들을 뻗은 두 아이의 목소리가 뒤섞였다. 예기치 못한 감미로운 그림이었다!

"가엾은 아이들!" 더는 눈물을 참지 못하고 백작 부인이 외쳤다. "아이들과 헤어질 수밖에 없겠죠. 얘들을 누구에게 보내라고 판결이 날까요? 어미의 마음을 나누어 가질 순 없어요. 전 아이들을 원해요."

"아저씨가 엄마를 울렸어요?" 쥘이 화난 눈으로 대령을 쳐다보며 말했다.

"조용히 해요, 질." 어머니가 단호한 어조로 말했다.

두 아이는 말없이 선 채 말로 표현할 수 없는 호기심으로 어머니와 낯선 남자를 살폈다.

"아! 그래요." 그녀가 말했다. "저와 백작을 갈라놓더라도 제발 아이들은 제게 남겨 주세요, 그럼 뭐든 시키는 대로 다 할게요……."

이 말이 그녀가 바라던 결과를 얻어 내는 데 결정적이었다.

"그래." 마음속에서 꺼냈던 문장을 끝맺듯이 대령이 외쳤다. "나는 다시 땅 밑으로 돌아가야 해. 이미 마음을 굳혔어."

"그런 희생을 제가 받아들여도 될까요?" 백작 부인이 되물었다. "만일 남자들이 사랑하는 여자의 명예를 지키기 위해 죽을 때, 그들은 한 번만 목숨을 바치죠. 그러나 지금 당신은 매일 목숨을 바쳐야 해요! 아뇨, 아뇨, 그건 있을 수 없어요. 당신의 존망에만 관련된 문제라면 아무것도 아니에요. 하지만 당신이 샤베르 대령이 아니라는 진술에 서명하고, 사기꾼임을 인정하고, 명예를 내던지고, 시도 때도 없이 거짓말을 해야 하는데 인간의 헌신이 그렇게까지 멀리 닿을 순 없어요. 그러니 생각해 보세요! 안 돼요. 가엾은 아이들만 아니면 전 이미 이 세상 끝까지 당신과 함께 도망쳤을 거예요……."

"그런데……." 샤베르가 말을 이었다. "내가 여기 당신의 작은 별장에서 살면 안 될까? 친척 중 한 명처럼 말이야? 난 버려진 대포처럼 다 낡아서 약간의 담배와 《르 콩스티튀시오넬》[103]만

103) 나폴레옹주의자들이 즐겨 읽은 좌파 일간지. 1815년 창간되어 1914년

있으면 되는데."

백작 부인이 울음을 터트렸다. 페로 백작 부인과 샤베르 대령 사이에 관대함의 전투가 벌어졌고, 싸움의 승자는 군인이었다. 어느 날 저녁 아이들과 함께 있는 어머니를 보며 군인은 어둡고 고요한 시골 들녘의 가족 그림이 보여 주는 감동적인 매력에 마음을 빼앗겼다. 그는 죽은 자로 남기로 마음먹자 더는 증서의 진위 여부에 개의치 않고 자신이 어떻게 처신해야 이 가족의 행복을 지킬 수 있는지 물었다.

"좋을 대로 하세요!" 백작 부인이 대답했다. "분명히 말씀드리지만 전 이 일에 절대 개입하지 않을 거예요. 그럴 순 없죠."

델베크가 벌써 며칠 전에 도착해 있었다. 백작 부인의 지시에 따라 집사는 늙은 군인의 신임을 얻은 상태였다. 다음 날 아침 샤베르 대령은 전직 소송 대리인과 함께 생뢰타베르니[104)]로 떠났다. 그곳 공증인 사무소에 델베크가 증서를 준비시켜 놓았다. 하지만 지나치게 노골적인 용어로 작성되어 증서 낭독을 듣고 나서 대령은 사무소를 뛰쳐나오고 말았다.

"빌어먹을! 이런 봉변을 당하다니! 그러니까 사기꾼 행세를 하라는 거지." 그가 소리쳤다.

폐간될 때까지 다섯 차례 폐간되고 매번 다른 이름으로 복간되었다. 피에르 시트롱은 이 장면의 역사적인 오류를 지적했다. 소설의 시대 배경이 1818년 6월인데 1817년 7월부터 1819년 5월까지 《르 콩스티튀시오넬》은 발간 금지 상태였다. Pierre Citron, *Le Colonel Chabert*(Didier, 1961), 280p 참고.

104) 파리에서 20킬로미터, 그로슬레에서 10킬로미터가량 떨어진 몽모랑시 골짜기의 옛 읍.

"선생님." 델베크가 말했다. "너무 서둘러 서명하지 않는 편이 좋습니다. 저라면 이 소송에서 적어도 3만 프랑의 연금은 받아 내겠어요. 부인이 내줄 테니까요."

분노에 찬 신사의 서릿발 같은 눈빛으로 이 닳고 닳은 무뢰한을 제압한 후 대령은 상반된 수천 가지 감정에 사로잡혀 황급히 자리를 떠났다. 그는 다시 의심했다가 분개했다가 침착해졌다를 되풀이했다. 결국 벽 틈새를 통해 글로슬레 정원에 들어가 생뢰로 가는 길이 내려다보이는 정자 아래의 작은 방에서 휴식을 취하고 편안하게 생각을 정리하려고 느릿느릿 걸음을 옮겼다. 오솔길에는 강자갈 대신에 황토를 깔아 놓아서 별채의 작은 살롱에 앉아 있던 백작 부인은 대령의 인기척을 듣지 못했다. 일의 성사 여부에만 골몰한 탓에 남편이 내는 작은 기척에는 전혀 신경을 쓰지 않았던 것이다. 늙은 군인도 작은 별채 안 바로 위쪽에 있는 아내를 보지 못했다.

"그래, 델베크 씨, 그가 서명했나요?" 도랑 울타리 너머 길 위에 혼자 있는 집사를 발견하고 백작 부인이 물었다.

"아뇨, 부인. 그 사람에게 무슨 일이 일어났는지조차 모르겠습니다. 늙은 말이 길길이 날뛰더군요."

"그럼 결국 샤랑통에 처넣어야겠군요." 백작 부인이 말했다. "우리 수중에 있으니까."

젊음의 활력을 되찾아 도랑을 훌쩍 뛰어넘은 대령이 눈 깜짝할 사이에 집사 앞에 나타나더니 이제껏 집사가 맛본 중에 가장 매서운 따귀를 올려붙였다.

"늙은 말이 뒷발질을 하더란 말도 덧붙여." 그가 말했다.

분이 가시자 대령은 도랑을 뛰어넘을 여력이 없었다. 적나라한 진실이 드러났다. 백작 부인이 내뱉은 말과 델베크의 대답은 그가 희생양이 될 음모의 베일을 벗겼다. 그에게 쏟은 정성은 올가미를 씌우기 위한 미끼였다. 백작 부인의 말은 빠르게 퍼지는 독약과 같아서 늙은 군인은 몸과 마음에 다시 병이 도졌다. 그는 탈진한 사람처럼 느릿느릿 걸어 정원 문을 통해 정자 쪽으로 되돌아갔다. 그에겐 평화도 휴전도 없었다! 그 순간부터 이 여자를 상대로 데르빌이 말한 추악한 전쟁을 시작하고, 소송전에 뛰어들어 쓸개즙을 먹고, 아침마다 쓴 잔을 마셔야만 했다. 그다음에 떠오르는 끔찍한 생각, 1심 비용을 치를 돈을 어디서 구한단 말인가? 삶에 대한 혐오가 너무 커서 만일 근처에 물이 있다면 뛰어들었을 테고 권총이 있다면 제 머리통을 날렸을 것이다. 사육사의 집에서 데르빌과 이야기한 뒤부터 다잡았던 마음이 다시 어수선해졌다. 마침내 정자 앞에 도달한 그는 옥탑에 있는 작은 방으로 올라갔다. 골짜기의 빼어난 경치가 내다보이는 장미창들이 있는 그곳에서 그는 의자에 앉아 있는 아내를 발견했다. 무슨 짓이든 서슴지 않는 여자들의 무표정한 얼굴로 백작 부인은 경치를 살피며 태연하게 침착함을 유지하고 있었다. 눈물을 흘린 듯 눈가를 훔치고 허리띠의 장밋빛 리본을 무심하게 만지작거렸다. 그러나 겉으로는 태연해 보였지만, 자비로운 은인이 핏기가 없는 얼굴에 엄격한 이마로 팔짱을 끼고 떡하니 앞에 서 있는 것을 보자 몸을 떨었다.

"부인." 잠시 빤히 바라봐 얼굴을 붉히지 않을 수 없도록 만든 다음, 대령이 말했다. "부인, 난 부인을 저주하지 않소. 부인을 경멸하오. 난 이제 우리를 갈라놓은 우연에 감사하오. 복수할 마음은 없소. 난 더 이상 부인을 사랑하지 않소. 부인에게 아무것도 바라지 않소. 내 말을 믿고 마음 편히 사시오. 파리의 모든 공증인이 휘갈겨 쓴 글씨보다는 내 말이 더 가치 있을 거요. 내가 명성을 드높인 샤베르라는 성을 절대로 사용하지 않겠소. 난 이제 이아생트라는 가련한 작자에 불과하오. 그가 바라는 건 양지바른 자리 하나뿐. 아듀(Adieu)……."

백작 부인이 대령의 발밑에 엎드려 그를 부여잡으려 했지만 대령은 진저리를 내며 뿌리치면서 말했다.

"만지지 마시오!"

남편의 발소리를 듣고 백작 부인은 알 수 없는 몸짓을 했다. 그러더니 사악한 악랄함이나 세상의 잔인한 이기심에서 얻은 깊은 통찰력으로 이 충직한 군인의 약속과 멸시를 믿고 앞으로 평화롭게 살 수 있으리라 생각했다.

샤베르는 정말로 종적을 감추었다. 가축 사육자는 파산한 뒤 카브리올레 마부가 됐다. 어쩌면 대령도 처음엔 비슷한 종류의 생업에 종사했을 것이다. 어쩌면 소용돌이에 휩쓸린 돌멩이처럼 구르다가 파리 거리에 넘쳐나는 넝마들의 진흙탕 속으로 차츰차츰 가라앉았을 것이다.[105)]

그 사건이 있은 지 여섯 달 후 샤베르 대령이나 페로 백작 부인의 소식을 더 이상 듣지 못한 데르빌은 그들 간에 어떤

---

105) 1835년 『두 남편을 둔 백작 부인』 중 2장 「합의」의 끝.

합의가 이뤄졌지만 앙심을 품은 백작 부인이 다른 사무소를 통해 합의서를 작성했다고 생각했다. 그래서 어느 날 아침 샤베르에게 지불한 선지급금을 계산하고 거기에 경비를 합친 뒤 계산서의 금액을 샤베르 백작에게 청구해 달라고 페로 백작 부인에게 간청했다. 백작 부인은 전남편의 거처를 알 거라고 짐작했기 때문이다.

바로 다음 날 근래 어느 주요 도시의 1심 법원장으로 임명된 페로 백작의 집사가 데르빌에게 다음과 같은 비통한 말을 써 보냈다.

선생,

페로 백작 부인의 요청으로 알려드리는바 귀하의 의뢰인은 귀하의 신뢰를 악용하여 귀하를 완전히 기만했으며 샤베르 대령을 사칭했던 그자는 남의 신분을 도용했음을 시인했습니다.

이만 줄입니다.

델베크.

"살다 보면 정말이지 어리숙하지 않은 자들을 만날 때가 있어. 파렴치한들이야." 데르빌이 외쳤다. "그러니 인간적이고 너그럽고 자선을 베푸는 소송 대리인이 되시오, 뒤통수를 얻어맞을 테니! 1000프랑짜리 지폐 두 장을 대가로 치른 사건이로군."

이 편지를 받고 얼마 되지 않아 데르빌은 법원에서 변호사 한 명을 찾고 있었다. 경범 재판소에서 변론하는 그 변호사에게 할 말이 있었다. 우연히 데르빌이 6호 법정에 들어서는 순간 재판장이 이아생트라는 남자에게 부랑자라는 이유로 징역 2개월을 선고하고 형기 종료 후 생드니 걸인 수용소[106] 이감을 명령했다. 경시청 판례집에 따르면 이러한 선고는 종신 구금형에 해당했다. 이아생트라는 이름에 데르빌은 두 헌병 사이에 앉은 피고석의 범인을 바라보았고, 유죄 판결을 받은 남자가 가짜 샤베르 대령임을 알았다. 늙은 군인은 가만히 꼼짝하지 않고 거의 딴 데 정신이 팔린 것처럼 보였다. 몸에 걸친 누더기와 궁핍이 얼굴에 새긴 낙인에도 불구하고 그는 고결한 자부심을 보여 주었다. 시선에는 법관조차 함부로 못 하는 금욕주의가 담겨 있었다. 하지만 법망에 잡히는 순간 인간은 그저 법률상의 존재, 법률상 혹은 사실상의 쟁점에 지나지 않는다. 마치 통계학자들의 눈에는 그가 하나의 숫자로 보이는 것과 마찬가지다. 지금 재판 중인 부랑자 무리와 함께 나중에 한꺼번에 호송되기 위해 늙은 군인이 법원 기록소로 끌려 나갈 때 데르빌은 재판소 아무 데나 드나들 수 있는 소송 대리인의 권리를 이용해 법원 기록 보관소까지 따라가 괴상한 걸인들 사이에 섞인 그를 잠시 지켜보았다. 당시 기록 보관소 대기실에서 펼쳐지는 광경은 유감스럽게도 입법자도, 자선가도, 화가도, 작가도 연구하러 오지 않는 광경 중 하나였다. 소송의 모든 실험실과 마찬가지로 이 대기실 역시 어둡고 악취 나는 방이었다. 모든 사회적 비참함의 집합소인 그곳에 불우한 사람

106) 구걸 금지 구역에서 단속된 걸인과 부랑자를 가두던 강제 수용 시설로 1764년 설립되어 제1제정하에서 전성기를 누렸다.

들이 단 한 명도 빠짐없이 출석해 영구 체류하는 바람에 벽을 따라 늘어선 긴 의자가 새까매져 있었다. 시인이라면 이렇게 말했을 것이다. 그 많은 불운이 떠내려가는 이 끔찍한 하수구를 밝히는 일을 햇살이 부끄러워한다고! 계획 단계이든 이미 저질러졌든 범죄가 앉지 않은 자리는 단 한 곳도 없었다. 첫 번째 잘못으로 사법 기관에 의해 작은 오점이 찍히면 이에 절망해 단두대를 세우거나 자살용 권총을 당기는 것으로 끝낼 삶을 시작하지 않는 인간과 마주치지 않는 곳은 단 한 곳도 없었다. 파리의 포석 위로 쏟아져 나오는 모든 사람이 이 누런 벽들에 부딪혀 튕겨 나간다. 위선적인 작가들[107]은 실상 자살을 막기 위한 노력은 아무것도 하지 않은 채 그저 한탄할 뿐이지만, 투기꾼이 아니라 자선가라면 시체 안치소나 그레브 광장[108]의 비극을 위한 서문에 해당하는 이 대기실에 적힌 수많은 자살에 대한 변명을 누런 벽에서 해독해 낼 것이다. 그 순간 활기찬 얼굴을 하고 불행의 누추한 제복을 걸친 사람들 틈에 샤베르 대령이 끼어 앉았다. 보초를 선 헌병 세 명이 바닥에 군도를 덜커덕거리며 돌아다니는 탓에 사람들은 간간이 입을 다물거나 낮은 목소리로 속닥거렸다.

---

107) 평소 발자크와 사이가 좋지 않던 작가 테오도르 뮈레(Théodore Muret, 1808~1866)에 대한 암시. 뮈레는 『조르주 혹은 천 명 중 한 명』(1835)에서 어설픈 자살 시도로 어머니를 죽음으로 몰고 간 청년의 이야기를 그렸는데 발자크는 뮈레의 소설을 "자살 예방을 위한 조악한 경향 소설"이라고 혹평했다. Pierre Citron, *Le Colonel Chabert*(Didier, 1961) 참고.
108) 단두대가 있던 파리의 광장.

"저를 알아보시겠습니까?" 데르빌이 늙은 군인 앞에 서서 물었다.

"그렇소, 선생." 샤베르가 일어서며 대답했다.

"정직한 분이라면……." 데르빌이 나지막이 말했다. "어떻게 제 빚을 안 갚을 수 있습니까?"

몰래 연애하다 들켜 어머니에게 야단맞는 소녀처럼 늙은 군인이 얼굴을 붉혔다.

"뭐! 페로 부인이 돈을 안 갚았다는 거요?" 큰 소리로 그가 외쳤다.

"돈을 갚아요?" 데르빌이 말했다. "백작 부인이 편지에 쓰길 당신은 모사꾼이라던데요."

대령은 혐오와 저주의 장엄한 몸짓으로 위를 쳐다보았다. 하늘에 대고 이 새로운 기만에 대해 호소하는 듯했다.

"선생." 갈라지고 차분한 목소리로 그가 말했다. "헌병에게 부탁해 법원 기록소에 나를 들여보내 주시오. 내가 지급 명령서에 서명하면 틀림없이 빚을 받을 수 있을 거요."

데르빌이 경장에게 뭐라고 하자 의뢰인을 기록소에 데려가도 좋다는 허락이 떨어졌고, 기록소에서 이아생트는 페로 백작 부인 앞으로 몇 줄을 적었다.

"이걸 그 여자의 집으로 보내시오." 대령이 말했다. "그럼 선생의 경비와 선지급금을 돌려줄 거요. 믿어 주오, 선생, 비록 선생이 베푼 선행에 고마움을 표시하지는 못했지만 그 고마움은 이곳에 그대로 있소." 그가 가슴 위에 손을 얹고 말했다. "그렇소, 고스란히 간직하고 있소. 그러나 불운한 사람이 무얼

할 수 있겠소? 그저 사랑할 뿐이오."

"뭐라고요?" 데르빌이 말했다. "약간의 연금을 약정받지 않았습니까?"

"그 이야기는 관두시오!" 늙은 군인은 대답했다. "대다수 사람이 집착하는 그 세속적 삶을 내가 얼마나 경멸하는지 선생은 모르오. 나는 갑자기 병이 들었소. 인간 혐오증이오. 나폴레옹이 생트엘렌에 있다고 생각하면 세속의 일에 무심해진다오. 난 다시는 군인이 될 수 없고, 내 불행은 그게 다요. 끝으로……." 그는 치기 어린 몸짓을 하며 덧붙여 말했다. "사치를 부리려거든 의복보다는 감정에 부리는 편이 낫소. 난 말이오, 누구의 멸시도 두렵지 않소."

이윽고 대령은 자리에 돌아가 앉았다. 데르빌은 밖으로 나왔다. 사무소에 돌아온 그는 2등 서기가 된 고데샬을 페로 백작 부인 집에 보냈다. 백작 부인은 쪽지를 읽자마자 샤베르 백작의 소송 대리인에게 빚진 금액을 지급하도록 지시했다.

1840년 6월 말경 이제 소송 대리인이 된 고데샬은 전임자인 데르빌과 리스[109]까지 동행했다. 큰길에서 비세트르[110]로 접어드는 길목에 이르러 그들은 길섶의 느릅나무 아래서 허리

---

109) 파리에서 17킬로미터 떨어진 마을.

110) 당시 파리에는 병원(hôpital)이 두 곳 있었다. 남자는 비세트르 병원에, 여자는 살페트리에르 병원에 수용되었다. 원래 두 병원은 1656년 루이 14세가 파리 시내의 빈민, 부랑자, 무의탁 노인, 정신 이상자를 수용하기 위해 설립했다. '병원'이라고 하지만 의료 기관이라기보다 구빈원에 가까웠다.

가 굽은 백발의 거지 노인을 보았다. 빈곤한 여자들이 살페트리에르 병원에 살 듯이 비세트르에 거주하는 남자 거지 무리에서 최고 위치에 오른 늙은 거지였다. 노인 수용소에 수용된 불운아 2000명 중 한 명인 그 남자는 길모퉁이 귓돌에 앉아 거동이 불편한 사람들이 흔히 하듯 손수건 속의 담배를 햇볕에 펴 말리는 일에 온 정신을 집중하고 있는 듯했다. 손수건을 빠는 수고를 덜기 위한 동작인 것 같았다. 노인의 용모가 흥미로웠다. 그는 수용소에서 지급하는 흉측한 제복 같은 불그스름한 가운을 걸치고 있었다.

"잠깐만요, 데르빌." 고데샬이 길동무에게 말했다. "저 노인을 좀 보세요. 독일에서 건너온 그로테스크한 조각상처럼 생기지 않았어요? 그런데 살아 있고, 게다가 행복해 보이네요."

데르빌은 코안경을 쓰고 가난한 남자를 쳐다보다 놀란 몸짓으로 말했다.

"이보게, 저 노인은 한 편의 시, 혹은 낭만주의자들이 말하듯 한 편의 드라마라네. 자네는 페로 백작 부인을 만난 적이 있나?"

"네, 재치 있고 아주 유쾌한 여자예요. 하지만 좀 과하게 독실하죠." 고데샬이 말했다.

"저 늙은 비세트르 수용자가 법적 남편인 샤베르 백작이자 전직 대령이라네. 그 여자가 여기 집어넣었을 거야. 그가 저택에서 살지 못하고 이 요양 시설에 있는 이유라면 그건 순전히 아름다운 페로 백작 부인에게 예전에 그가 마치 광장에서 삯마차를 골라잡듯 길거리에서 그녀를 데려왔다는 사실을 상기

시켰기 때문이라네. 그때 그를 노려보던 그 여자의 호랑이 같은 눈초리가 아직도 기억나네."

고데샬이 이 이야기의 서두에 관심을 보이자 데르빌은 자초지종을 들려주었다. 이틀 뒤인 월요일 아침 파리로 돌아오는 길에 두 친구는 비세트르 쪽으로 눈길을 돌렸고, 데르빌이 샤베르 대령을 보러 가자고 제안했다. 두 친구는 도로 중간쯤에서 나뭇등걸에 걸터앉아 막대기를 손에 들고 재미 삼아 모래 위에 선을 그으며 놀고 있는 노인을 발견했다. 그를 유심히 살핀 그들은 그가 비세트르가 아닌 다른 곳에서 점심을 들고 온 참이라는 것을 눈치챘다.

"안녕하세요, 샤베르 대령님." 데르빌이 말했다.

"샤베르 아냐! 샤베르 아냐! 내 이름은 이아생트야." 노인이 대답했다. "나는 이제 사람이 아니라 7호실 164번이야." 겁에 질린 아이처럼 불안에 떨며 그가 데르빌을 쳐다보고 덧붙였다. "사형수를 보러 갈 거요?" 잠시 침묵한 후에 그가 말했다. "그 사람은 결혼을 안 했다오! 운 좋은 사람이지."

"가엾은 사람." 고데샬이 말했다. "담배 살 돈 좀 드릴까요?"

파리의 부랑아 같은 천진난만함으로 욕심껏 낯선 두 남자에게 따로따로 손을 내민 대령에게 그들은 20프랑 동전 하나씩을 건넸다. 대령은 어리둥절한 눈으로 고마움을 표시하며 말했다. "용감한 병사들!" 그는 총을 세워 들고 조준하는 시늉을 하더니 미소를 지으며 구령했다. "대포 두 발 발사! 나폴레옹 만세!" 그리고 들고 있던 지팡이로 하늘을 향해 가상의 아라베스크 무늬를 그렸다.

“상처를 받아 유년기로 돌아간 모양이야.” 데르빌이 말했다.

“저 사람이 유년기라고!” 그들을 지켜보던 늙은 비세트르 수용자가 소리쳤다. “아! 그를 가만 놔두어야 하는 날이 있다오! 저 사람은 철학과 상상력이 넘치는 나이 먹은 장난꾸러기라오. 하지만 오늘은, 어쩌겠소, 그가 쉬는 날인데.[111] 선생, 벌써 1820년부터 여기 있던 사람이오. 당시 프로이센 장교가 사륜마차로 빌쥐프[112] 언덕을 오르다가 이곳을 걸어서 지나게 됐소. 이아생트와 나, 우리 두 사람은 길가에 있었지. 그 프로이센 장교가 다른 사람, 러시아인이거나 아니면 같은 종자의 어떤 짐승하고 나란히 걸으며 이야기를 나누다 저 노인을 보더니 이런 실없는 소리를 했다오. ‘틀림없이 로스바흐[113]에 있었을 늙은 보병이로군!’ ‘거기 있긴 내 나이가 너무 어렸소.’ 그가 대꾸했지. ‘하지만 예나[114]에 있을 나이는 충분히 됐소.’ 그러자 프로이센인이 감히 딴 질문을 못 하고 줄행랑을 쳤다오.”

“무슨 운명인지!” 데르빌이 탄식했다. “고아원에서 나와 나폴레옹의 이집트와 유럽 정복을 돕다가 결국 노인 수용소에 죽으러 오다니. 이보게, 알고 있나?” 데르빌이 잠깐 멈추었다가 말을 이었다. “우리 사회에는 세상을 좋게 평가할 수 없는 세 사

---

111) faire le lundi(월요일을 하다)는 당시 노동자들의 휴일이 월요일이었던 데서 유래한 표현으로 ‘술 마시며 쉬다.’라는 뜻이다.

112) 비세트르에서 2킬로미터 남짓 떨어진 곳.

113) 1757년 독일 로스바흐 근교에서 프로이센군과 프랑스-오스트리아 연합군이 맞붙어 프로이센이 압승한 전투.

114) 1806년 독일 예나에서 나폴레옹의 군대가 완승한 전투로 이후 프로이센은 프랑스의 속국이 되었다.

람이 있는데 그게 바로 성직자, 의사, 법률가라는 걸? 이들이 검은 가운을 입는 이유는 모든 미덕과 환상의 죽음을 애도하기 위해서일 걸세. 셋 중에서 가장 불행한 사람이 소송 대리인이라네. 인간이 성직자를 찾아올 때는 참회와 후회, 신앙에 이끌려서지. 그런 것들이 그 사람을 훌륭하게 하고, 위대하게 만들며, 중재자인 성직자의 영혼을 위로해 준다네. 중재자는 더러움을 씻고, 죄를 사하고, 종교에 귀의하도록 돕기 때문에 그가 맡은 임무에는 기쁨 같은 것이 없지 않다네. 하지만 우리 소송 대리인은 사악한 감정들이 똑같이 반복되는 것을 보게 되고, 무엇으로도 그걸 고칠 수 없으니 우리 사무소는 도저히 정화가 불가능한 시궁창이지. 사무실을 운영하면서 얼마나 많은 걸 알게 됐는지 모르네! 두 딸에게 4만 리브르의 연금을 주고도 버림받아 다락방에서 무일푼으로 죽은 아버지[115]를 봤네. 유언장이 불태워지는 것도 봤고,[116] 자식을 빈털터리로 만든 어머니,[117] 아내의 재산을 가로채는 남편,[118] 정부와 편히 살 욕심에 애정을 속삭인 뒤 남편을 미치광이나 바보로 만

115) 『고리오 영감』에서 고리오는 거금의 결혼 지참금을 준 딸들에게 버림받아 비참한 죽음을 맞는다.

116) 『위르실 미루에』에서 미노레 박사가 피후견인인 위르쉴에게 남긴 유언장이 상속을 노린 친척에 의해 불타 없어진다.

117) 『곱세크』에서 아내의 불륜을 알게 된 드 레스토 백작은 유일한 핏줄인 장남을 상속자로 지정하는 유언장을 남기지만 혼외자인 두 자식의 살길도 마련해 놓았다. 남편이 죽자 백작 부인이 유산을 차지하기 위해 유언장을 불태우는 바람에 두 혼외자의 장래마저 망친다.

118) 『지방의 뮤즈』에서 여자 주인공의 남편은 아내의 유산을 가로챈다.

들어 죽이는 여자들[119]도 봤네. 간통으로 낳은 아이한테 한 몫 마련해 주려고 남편과 낳은 아이에게는 죽음으로 몰고 갈 취미를 길러 주는 여자도 봤지. 내가 본 모든 걸 자네에게 말해 줄 순 없어. 내가 본 범죄들 앞에선 법이 속수무책이었으니까. 요컨대 소설가들이 지어냈다고 여기는 온갖 끔찍한 일이 전부 현실만 못한 법이라네. 앞으로 자넨 그런 기막힌 일들을 겪게 될 걸세. 아내와 시골에 내려가 살 작정이네. 난 파리가 무섭네."

"이미 데로슈 사무소에서 많은 걸 보았습니다." 고데샬이 답했다.[120]

1832년 2~3월, 파리.

---

119) 샤베르 대령의 상황에 대한 암시. 『흙탕물 튀기는 여자』에도 비슷한 소재가 등장한다.

120) 『두 남편을 둔 백작 부인』 중 3장 「노인 수용소」의 끝.

작품 해설

발자크라는 광활한 문학의 우주

중편 소설의 왕(roi de la nouvelle).[1] 얼핏 발자크와 연결되지 않는 별명처럼 보인다. 발자크와 동시대의 작가였던 스탕달은 그를 '금세기 장편 소설가 중의 왕(roi des romanciers du présent siècle)'으로 꼽았다. 사람들의 머릿속에서 발자크는 장편 소설의 대가이다. 그는 『고리오 영감』, 『잃어버린 환상』, 『사촌 베트』 등 알프스산맥처럼 우뚝한 소설들의 아버지다. 또한 그는 보수적 세계관에도 불구하고 귀족이 몰락하고 신흥 부르주아가 득세하는 19세기 초반의 프랑스 사회를 날카롭게 통찰하

1) 프랑스어에서 중편 소설을 가리키는 '누벨(nouvelle)'은 원래 '새로운, 새로운 사실이나 사물, 어떤 사실에 대한 허구적인 이야기'를 뜻하는 이탈리아어 '노벨라(novella)'에서 유래된 것으로, 장편(roman)과 대비되는 간결한 이야기를 가리키는 용어이다.

여 표현해 낸 뛰어난 관찰자이다. 바로 그런 연유로 그의 작품은 사실주의 소설의 교과서로 추앙받고 있다.

그러나 광대한 『인간극』의 세계에 반듯한 대로만 있는 것은 아니다. 수풀이 우거진 오솔길이 있고 가파르고 외진 산길이 있고 숨겨진 비경이 있다. 또한 애초부터 발자크가 순정한 리얼리스트는 아니었다. 『인간극』이라는 세계는 생각보다 훨씬 웅숭깊다. 사실 발자크만큼 여기저기를 기웃거린 작가도 흔치 않을 것이다. 법학도였던 그는 비극 작가, 소설가, 출판업자와 인쇄업자, 금광 개발자에 이르는 다양한 세계를 편답하고 수많은 굴곡을 거치며 자신의 예술 세계를 넓혀 나갔다. 발자크의 문학 세계가 다채로울 수 있는 것은 바로 그 때문이다. 여기 소개된 두 작품에는 여러 공통점이 있다. 우선 두 소설은 『인간극』의 비교적 초기 작품에 속한다. 「사라진」은 1830년에, 「샤베르 대령」은 1832년에 잡지에 연재되며 첫선을 보였다. 당시는 인쇄술의 발달로 수많은 문학잡지가 창간되면서 이들의 지면을 채우기 위한 글이 요구되던 시기였다. 따라서 이른바 '순수 문학'을 대표하는 작가들도 대부분 《르뷔 프랑세즈》(1828년 창간), 《르뷔 드 파리》(1829년 창간)와 같은 문학잡지에 작품을 연재했다가 나중에 단행본으로 묶어내는 것이 관행이었다. 발자크가 『인간극』이라는 거대한 벽화를 구상한 것이 1834년의 일이니, 두 작품은 발자크가 청년기를 막 끝내고 아직 『인간극』을 계획하기 전에 쓰인 소설이다.

또한 두 작품 모두 『인간극』의 '풍속 연구'[2)]에 수록된 중편이다. 중편은 발자크 개인의 창작사뿐만 아니라 문학사적으로도 중요한 위치를 차지한다. 여러 가명으로 삼류 소설을 써내던 청년 발자크는 1829년 4월 처음으로 실명을 내걸고 발표한 중편 『올빼미당원』을 통해 비로소 작가로서의 명성을 얻었다. 이 성공으로 자신감을 얻은 그는 이후에도 다양한 내용과 형식을 담을 수 있는 장르인 중편에서 많은 문학적 성취를 얻어 냈다. 중편 작가로서의 발자크의 재능에 가장 먼저 주목한 사람은 19세기 말 작가 폴 부르제[3]이다. 그는 가장 좋아하는 중편 소설가로 발자크를 들며 중단편 작가로서의 그를 높이 평가하였다. 중단편은 장편과는 다른 고유의 재능을 요구하는 장르이다. 장편이 삶의 총체성을 드러내는 장르라고 한다면 중편의 임무는 삶의 한 단면을 선택하여 삶에 대한 통찰을 압축적으로 보여 주는 데 있다. 그렇다면 소설가 발자크가 두 중편에서 보여 주려고 했던 삶에 대한 통찰은 무엇일까?

---

2) 『인간극』은 총 3부(1부 풍속 연구, 2부 철학 연구, 3부 분석 연구)로 이루어졌다. 1부 풍속 연구는 다시 여섯 장면('사생활 정경', '지방 생활 정경', '파리 생활 정경', '정치 생활 정경', '군대 생활 정경', '시골 생활 정경')으로 세분된다. 「사라진」은 파리 생활 정경에, 「샤베르 대령」은 사생활 정경에 속해 있다. 『인간극』을 이루는 90여 편의 작품 중 3분의 2에 달하는 작품이 1부 '풍속 연구'에 속할 만큼 1부의 비중이 높은 까닭은 발자크의 이른 죽음으로 원래 계획이 완성되지 못했기 때문이다. 발자크는 약 3000~4000명이 등장하는 144편의 작품을 계획했으나 실제로는 2500여 명의 인물이 등장하는 90여 편만이 완성되었다.

3) Paul Bourget, *My Favorite Novelist and his Best Book*(New York: Munsey's Magazine, 1897).

1 그/그녀가 가리키는 수수께끼

「사라진」은 매우 특이한 작품이다. 발자크 연구가인 피에르 시트롱의 표현에 기대자면, 「사라진」은 "발자크의 가장 이상한 텍스트 가운데 하나"[4)]이며, "아무리 여러 번 되풀이해 읽어도 책을 덮을 때마다 혹시 내가 작품의 깊은 의미를 놓친 건 아닐까, 혹시 작품 전체의 의미를 꿰뚫거나 표현을 정확하게 짚어 내지 못한 채 막연히 어떤 메시지가 있다는 정도만 느낀 건 아닐까 자문하게" 만드는 책이다.

「사라진」은 그 기원에서부터 하나의 수수께끼이다. 발자크의 여느 작품들과는 달리 작가의 친필 원고도, 관련된 편지도 남아 있지 않다. 확인 가능한 최초의 형태는 연재본으로, 1830년 발자크는 《르뷔 드 파리》에 이 작품을 두 번(11월 21일과 28일) 연달아 게재한다. 이후 작품은 다섯 곳의 출판사에서 일곱 차례 출간되며, 때로는 '철학 연구'에, 때로는 '19세기 풍속 연구'에 분류되다가 최종적으로 1844년 『인간극』 10권 『파리 생활 연구』[5)]에 자리 잡는다. 『인간극』은 아직 구상되기 이전이었고, 그런 까닭에서인지 로슈피드 후작 부인과 랑티 공작 부인 이외의 다른 등장인물들(사라진, 잠비넬라, 랑티 공작, 마리아니나, 필리포)은 『인간극』의 다른 작품에 다시 등장하지

---

4) Pierre Citron, *Interprétation de Sarrasine*(L'Année Balzacienne, 1972), 81p.

5) 「사라진」은 1831년에는 『철학 장편과 단편』(파리, 샤를 고슬랭 출판사)에, 1835년에는 『19세기 풍속 연구』(파리, 베쉐 출판사)에 실린다.

않는다.

「사라진」은 두 개의 이야기로 이루어진 액자식 구성의 소설이다. 액자를 구성하는 외부 이야기는 랑티가의 연회 이야기이고, 액자 속 내부 이야기는 조각가 사라진의 삶과 죽음의 이야기다. 특이한 것은 대개 외부 이야기가 도입의 역할만을 담당하는 다른 비대칭적 액자 소설과는 달리, 「사라진」의 경우엔 외부 이야기와 내부 이야기가 대등한 비중을 차지한다는 점, 또한 길지 않은 분량임에도 불구하고 두 이야기가 칠십이 년의 틈을 두고 있다는 점이다.

전반부의 배경은 1830년 7월 왕정[6] 하의 파리다. 자정, 엘리제 부르봉 근처 부유한 랑티가에서 화려한 무도회가 열린다. 떠들썩한 파티와 깊은 몽상이 대조를 이루는 가운데, 파티에 참석한 작중 화자 '나'는 창틀에 앉아 느긋이 창밖을 바라본다. 눈에 덮인 정원의 겨울나무들은 수의를 걸친 시체들처럼 보인다. 창의 안쪽 살롱에서는 향락에 도취한 무리가 화려한 파티를 즐기고 있다. 작중 화자인 '나'는 '두 이질적인 그림의 경계에서' 안팎의 풍경을 번갈아 전달한다.

---

6) 나폴레옹이 몰락한 뒤 부르봉 왕조가 복귀하면서 복고 왕정의 시대(1816~1830)가 시작된다. 루이 18세, 샤를 10세 두 형제가 구체제로의 복귀를 시도하자, 시대착오적 폭거에 항거하는 민중은 1830년 7월 혁명을 일으켜 부르봉 왕조의 방계였던 오를레앙 공작 루이 필리프를 프랑스의 국왕으로 추대하여 7월 왕정(1830~1848)이 시작된다. 7월 왕정은 온건 왕당파와 신흥 부르주아 간 타협의 산물이었다.

내 오른편으로는 어둡고 소리 없는 죽음의 이미지가, 내 왼편으로는 삶의 격조 높은 바쿠스 축제가 펼쳐졌다. 이편에는 차갑고 음침하고 애도에 잠긴 자연이, 저편에는 흥에 취한 사람들이 있었다. 별의별 방식으로 수없이 되풀이되며 파리를 세상에서 가장 유쾌하고도 가장 철학적인 도시로 만드는 두 이질적인 그림의 경계에서 나는 반은 경쾌하고 반은 을씨년스러운 정신의 혼합물을 만들어 내고 있었다. (12~13쪽)

그를 스쳐 지나가던 낯선 두 사람의 대화에서 랑티 가족에 관해 속닥댄다. '세월을 거스르는 치명적인 미모'를 지닌 랑티 백작 부인과 그녀의 두 아이, '동방 시인들이 상상했던 전설적인 아름다움을 구현하고 있는' 열여섯 살의 마리아니나와 '살아 있는 안티노우스'라 할 만한 미소년 필리포, 그리고 키 작고 못생긴 곱보인 랑티 백작이 소개된다. 랑티 가족이 어디서 왔는지, 어떻게 해서 어마어마한 부자가 되었는지는 아무도 모른다. 더군다나 얼마 전부터 랑티가에서 모임이 열릴 때면 이따금 "기이한 인물이 출몰한다."는 소문이 파리 사교계의 호기심을 자극한다. 등장만으로도 주위 여자들을 얼어붙게 만든다는 이 해괴한 노인의 정체는 과연 무엇인가? 노인은 무슨 이유로 랑티가를 유령처럼 배회하고 돌아다니는가? 비밀에 둘러싸인 랑티가의 막대한 재산은 어디서 온 것일까?

랑티가와 해괴한 노인을 둘러싼 소문은 꼬리에 꼬리를 물며 퍼져 나가고, 작중 화자인 '나'는 예민하게 귀를 세운 채 주변 사람들의 이야기를 기록한다. 마침내 마리아니나의 목소리에 이끌려 문제의 '유령'이 등장하고, 무리 틈에 숨어든 그 백 살 노인은 아름다운 여인 옆에 자리를 잡는다.

> 내 두 눈과 미친 상상력은 화려함이 극에 달한 연회와 어두운 정원 풍경을 차례로 응시했다. 동전의 앞뒤와도 같은 인간의 양면성에 대한 상념에 빠져 얼마나 시간이 흘렀는지 모르겠다. 난데없는 젊은 여자의 숨죽인 웃음소리가 나를 깨웠다. 눈앞에 펼쳐진 광경에 나는 아연했다. 참으로 희한한 자연의 변덕으로 내 머릿속에서 펼쳐지던 반쯤 애도에 잠긴 생각이 튀어나와 살아 있는 사람의 모습으로 내 앞에 나타났다. 흡사 장성한 미네르바가 주피터의 머릿속에서 뛰쳐나온 듯했다. 그것은 백 살 노인인 동시에 스물두 살 청년이었고, 살아 있는 동시에 죽어 있었다. (21~22쪽)

산송장이나 다름없는 '그 남자'는 무덤 냄새를 풍기지만, 정교하게 그린 눈썹과 화려한 금색 가발, 멋진 보석 반지와 금귀고리로 치장해 인공물처럼 기괴하게 느껴진다. '나'의 파트너로 랑티가에 온 아름다운 로슈피드 후작 부인이 두려움에 떨면서도 호기심에 이끌려 그 '기이한 생명체'를 건드렸다가 괴상한 비명에 혼비백산한다. 도망치듯 규방으로 뛰어 들어간 후작 부인은 그곳에 걸린 아도니스의 그림, '남자라기엔 너무 아름다운' 남자의 초상화에 넋을 잃는다. "과연 이런 완벽한 존재가 있을까요?" 질투심에 사로잡힌 '나'는 그 초상화가 어떤 여자 조각상을 보고 그린 그림이며, 랑티 가족의 조상 중

한 사람이라고 말한다. 후작 부인은 '나'에게 초상화의 모델에 관해 묻자 '나'는 하룻밤의 사랑을 대가로 그녀의 궁금증을 풀어주기로 약속하며 소설의 전반부가 끝이 난다.

다음 날 저녁 '나'는 약속대로 후작 부인을 찾아가 노인의 이야기를 들려준다. 이야기가 새롭게 시작되면서 비로소 사라진의 이름이 등장한다. 그리고 이 이야기는 독자를 18세기 중엽으로 끌고 가, 조각가 사라진이 1736년 브장송에서 태어나 1758년 로마에서 죽음을 맞기까지의 과정을 따라가게 만든다.

프랑슈콩테 지방 검사의 외아들인 에르네스트장 사라진은 어려서부터 일찌감치 예수회에 맡겨진다. 아들을 법관으로 만들려는 아버지와는 달리 괴팍한 성격과 뜨거운 열정, 예술적 재능을 지닌 그는 공부보다는 그림과 조각, 사색에만 몰두한다. 아버지의 불호령을 피해 파리로 도망간 그는 유명한 예술가 부샤르동을 만나 그 밑에서 착실히 예술가의 길을 걷는다. 자상한 스승 부샤르동은 제자의 재능을 알아보고 그가 작품에만 몰두할 수 있도록 따뜻하게 보살피며 세상의 유혹으로부터 그를 보호한다. 그러나 스물두 살이 되던 1758년, 그는 부샤르동의 품을 떠나 혼자서 세상에 나가게 된다. 재능을 인정받는 바람에 예술의 본거지 이탈리아로 혼자 유학을 떠나게 된 것이다. 이탈리아 여행은 전도유망한 예술가인 그에게 주어진 과제, 피할 수 없는 운명이었다.

로마에 도착한 지 두 주일이 지난 어느 날, 그는 로마의 한 오페라 극장 여가수에게서 이상형을 발견한다. 잠비넬라[7]라는 이름의 그 여가수는 그가 바라던 그대로의 완벽한 아름다움을 구현하고 있었다.

> 그 순간 그는 이상적인 아름다움에 탄복했습니다. (…) 잠비넬라는 사라진이 그토록 갈망하던 여성성의 절묘한 균형미를 아주 생생하고 섬세한 모습으로 종합해 보여 주었습니다. (…) 그는 감탄하고 또 감탄했습니다. 여자 그 이상, 하나의 걸작이었습니다! 이 뜻밖의 창조물에는 세상 모든 남자의 넋을 빼앗고도 남을 사랑과 한 사람의 비평가를 사로잡을 매력이 넘쳐났습니다. (37~38쪽)

잠비넬라에게 첫눈에 반한 그는 '내밀한 존재의 가장 깊은 곳, 적절한 말이 없어 우리가 가슴이라 부르는 곳에서 불길이 치솟는 것'을 경험한다. 그날부터 '극도의 흥분 상태에' 빠진 그는 매일 잠비넬라의 무대를 보러 가고, 이러한 그의 행동은 극장 사람들의 눈을 끈다. 어느 날 노파 하나가 극장에 있는 그를 찾아와 잠비넬라를 만나게 해 주겠다고 제안한다. 기쁨에 들뜬 그가 극장을 빠져나가려는 순간 낯선 사내가 다가와 그를 붙잡는다.

> "자중하시지요, 프랑스 나리." 사내가 속삭였습니다. "목숨이

---

7) 롤랑 바르트는 잠비넬라의 이름에서 어린아이를 뜻하는 '밤비넬라', 혹은 식물의 작은 줄기, 작은 다리(작은 생식기)를 뜻하는 이탈리아어 '감보(Gambo)'를 읽어 낸다.

걸린 문제요. 치코냐라 추기경이 후원자인데 가만 계시지 않을 거요." 설령 사라진과 잠비넬라 사이에 악마가 지옥의 심연을 파 놓았더라도 그 순간 사라진은 한달음에 뛰어넘었을 겁니다. 호메로스가 그린 불멸의 말처럼 조각가의 사랑은 눈 깜짝할 사이에 광대한 공간을 건넜지요. "문밖에서 죽음이 기다린대도 나는 더욱 서둘러 가겠소." 그가 응수했습니다. (42~43쪽)

경고를 무시한 조각가는 '마치 첫사랑 상대 앞에서 서성여야 하는 아가씨처럼' 공들여 치장하고 노파가 알려 준 약속 장소로 뛰어간다. 문을 열고 들어서니 눈에 익은 극장의 가수들이 그를 기다리고 있었다. '가냘프고 달콤한' 잠비넬라에게 매혹된 그는 끊임없이 구애하지만, 잠비넬라는 교태 어린 태도로 조각가의 욕망을 충동질하면서도 끝끝내 그를 거부한다.

"속된 욕정 없이 순수하게 말이에요. 저는 여자들을 싫어하지만 그보다는 남자들을 더 극도로 혐오할 거예요. 저는 우정에서 피난처를 찾아야 해요. (…) 전 저주받은 피조물이에요. (…) 당신이 절 사랑하는 걸 금하겠어요. 당신의 힘과 성품을 찬미하니 헌신적인 친구가 되어 드릴 순 있어요. 제게 필요한 건 남자 형제, 보호자예요. 저를 위해 이 모든 것이 되어 주세요. 그러나 그 이상은 아니에요." (50~51쪽)

잠비넬라는 간청에도 불구하고 그녀의 모든 것, '가련함이

스민 목소리, 슬픔과 우수와 절망이 어린 잠비넬라의 몸짓, 자태, 거동' 하나하나가 오히려 그의 열정을 깨우는 자극제로 작용할 뿐이다. 결국 그 '특별한 여자'를 소유하려는 열망에 조각가는 여자를 납치하기로 마음먹는다. 드디어 운명의 날, 그는 자신이 욕망하는 대상의 정체를 알게 된다. 완벽한 여성인 줄 알았던 잠비넬라는 거세된 남자 가수, 카스트라토였다. 사라진은 혐오감과 배신감에 진저리치며 미쳐 날뛴다. 사라진은 망치를 휘둘러 자신이 만든 잠비넬라의 조각상을 부수고, 자신을 속인 잠비넬라를 응징하려 한다. 그러나 그는 그 두 가지 일 모두 실패한다. 망치는 빗나가고, 칼을 휘두르려는 순간 오히려 그는 자객의 칼을 맞고 쓰러진다.

이야기는 다시 바깥 이야기의 주인공인 '나'와 후작 부인에게로 돌아간다. 후작 부인은 이 이야기가 랑티가에서 본 그 노인과 무슨 연관이 있는지를 묻는다. 남은 건 이제 수수께끼의 열쇠를 넘겨주는 것뿐이다. 랑티가를 떠도는 그 '기이한 생명체'는 늙은 잠비넬라였고, 그림 속의 아도니스는 (사라진이 만든 조각상을 보고 그린) 젊은 잠비넬라였다. 아름다운 목소리와 미모로 전 유럽에서 명성을 얻은 잠비넬라는 막대한 돈을 벌어들였고, 잠비넬라가 이룩한 재산은 조카인 랑티 부인에게 건너간 것이다. 랑티가의 부는 거세된 미소년의 '천사 같은 목소리'와 그의 '후원자' 노릇을 하는 고위 성직자들과의 매춘에 뿌리를 두고 있었다.

광기와 피, 욕망으로 얼룩진 비극적 이야기에 혐오감을 느낀 후작 부인은 약속을 깨고 '나'의 욕망을 거절한다. 당황한

'나'는 이제 이탈리아에서 더는 '그런 불행한 피조물'을 만들지 않는다고 변명하지만, 마치 잠비넬라가 젊은 조각가의 욕망을 회피했듯이, 후작 부인은 끝내 남자의 요구에 응하지 않는다. 마치 삶에 대한 혐오감이 잠식되듯 그녀는 생각에 잠긴다.

*

조르주 바타유는 현대에 들어 가장 먼저 이 작품에 주목한 작가 중 한 사람이다. 1957년 출간되었지만 그보다 훨씬 전인 1935년 집필된 소설 『하늘의 푸른 빛』의 「서문」에서 바타유는 「사라진」을 "『인간극』에서 상대적으로 덜 알려졌지만, 발자크 작품의 빛나는 절정 가운데 하나"로 평가한다. 그는 이 작품을 『폭풍의 언덕』, 『백치』, 『잃어버린 시간을 찾아서』 등과 함께 우리의 인식 지평을 넓혀 준 텍스트, "관습이 강요하는 편협한 한계에 싫증 내는 독자들이 기대하는 통찰력"을 보여 주는 책 가운데 하나로 꼽는다.[8] 이후 다양한 배경을 가진 여러 비평가가 차례로 이 소설에 관심을 보였다.

1967년 정신분석학자 장 르불[9]은 카스트라토의 주제를 통해 작품에 접근했다. 르불은 일인칭으로 서술되는 작품의 '고백적' 어조와 곳곳에서 발견되는 '거세'에 대한 공포에 주목하

---

8) Georges Bataille, *Œuvres complétes vol. III*(Paris: Gallimard, 1970), 382p.

9) Jean Reboul, Sarrasine ou la castration personifiée, *Cahiers pour l'analyse, n° 7*(1967).

면서, 예컨대 아름다운 랑티 부인에게서 남성의 신체를 절단하는 '요부'의 이미지를 읽어 낸다.

> 그러나 이런 유형의 여인들을 상대하는 남자라면 모름지기 조쿠르 씨가 그랬듯이 설령 뒷방으로 달아나다 하녀의 실수로 문틈에서 손가락 두 개가 으스러지더라도 비명을 삼킬 줄 알아야 한다. 그 강렬한 세이렌을 사랑한다는 것은 목숨을 내놓는 일이 아니던가? 우리가 그토록 뜨겁게 그들을 사랑하는 이유가 여기 있으리라! 랑티 백작 부인이 바로 그랬다. (15쪽)

특히 그는 잠비넬라의 정체를 알게 된 사라진이 모든 성적 욕망을 잃고 '탈성욕화'되는 과정에서 벌어지는 '거세의 전염성'을 강조한다.

> "넌 나를 네 수준까지 끌어내렸어. 사랑한다, 사랑받는다! 너에게도 나에게도 더는 의미 없는 말이야. (…) 괴물! 무엇에도 생명을 줄 수 없는 너, 넌 내게서 지상의 모든 여자를 빼앗았어." (58~59쪽)

그러나 「사라진」의 독서에서 가장 유명한 사람은 비평서 『S/Z』로 「사라진」이라는 작품을 사람들의 머릿속에 각인시킨 롤랑 바르트다. 1970년 바르트는 앞서 언급한 장 르불의 정신분석학적 연구와 기호학적 연구의 연장선에서 「사라진」을 한 줄 한줄 분석한다. 바르트는 텍스트를 5개의 코드와 561개의 의미 단위(렉시 lexie), 93개의 비평적 단상으로 세분하여 읽어낸다. 5개의 코드 가운데 하나인 해석 코드는 텍스트에서 수수께끼가 제기되고 해소되는 과정과 연관되는데, 「사라진」을 구성하는 여섯 개의 수수께끼는 다음과 같다.

> 첫째, '사라진'이 대체 무엇인가?
> 둘째, 랑티가의 재산은 어디서 왔는가?
> 셋째, 랑티 가족은 어떤 사람들인가?
> 넷째, 노인은 누구인가?
> 다섯째, 아도니스는 누구인가?
> 여섯째, 잠비넬라는 누구 혹은 '무엇'인가?

사실 바르트가 제안한 것은 텍스트 자체에 관한 면밀한 해석이라기보다는 일종의 독서론에 가깝고, 또 『S/Z』에 대한 자세한 설명은 여기서 우리가 할 수 있는 일은 아니다. 사회 비평의 관점에서 발자크를 연구하는 피에르 바르베리스[10]는 바르트의 독창성을 높이 평가하면서도 텍스트를 둘러싼 역사적, 사회적 맥락을 무시하는 바르트식 독서의 위험성을 지적했지만, 분명한 것은 『S/Z』가 「사라진」의 독서에 한 획을 그었다는 것이다.

이후 1972년 피에르 시트롱[11]은 작품을 작가의 전기적 요

---

10) Pierre Barbéris, *A propos du S/Z de Roland Barthes*, L'Année Balzacienne(1971).

11) Pierre Citron, op. cit.

소와 연결 지어 분석한다. 시트롱은 랑티가를 떠도는 백 살 노인과 일 년 전에 타계한 발자크의 아버지, 랑티 부인과 발자크의 연상 애인 베르니 부인 사이의 공통점을 추적한다. 주인공 사라진을 무의식 속에 동성애적, 양성애적 성향을 억누르고 있던 청년기의 발자크로, 로슈피드 후작 부인을 욕망하는, 끝까지 정체가 밝혀지지 않는 작중 화자 '나'를 이성애자로 변모한 성년기의 발자크로 환치하였다.

*

「사라진」의 이야기는 추리 소설처럼 매혹적이다. 의미심장한 단서들을 점점이 흩뿌리면서도 작가는 일부러 자신이 원하는 대로 독자를 잘못된 길로 이끌어 간다. 그는 어둑한 겨울 풍경과 휘황찬란한 살롱, 삶의 열기와 죽음의 냉기, 빛과 어둠, 아름다움과 흉측함, 남자와 여자, 젊음과 늙음, 자연과 문명을 대비시키며 차곡차곡 환상과 환각의 세계를 구축한다. 능숙한 사전 작업 후에 독자를 랑티가에 출몰하는 그 '유령'과 대면시키는 순간에 텍스트는 그를 '남자'로 지칭하며 진실을 일깨워 준다.

> 관찰자들은 (…) 백작 부인이 주최한 연회나 음악회, 무도회, 사교 모임 도중에 이따금 기이한 인물이 출몰한다는 사실을 눈치챘다. 어떤 남자였다. (17쪽)

그러나 잠비넬라에 반해 버린 사라진이 계속되는 경고와 계시를 무시했듯이, 이야기에 홀린 독자는 작품 곳곳에 배치된 단서들을 읽어 내지 못한다. 키지 공작의 저택에서 남자 복장을 한 잠비넬라를 보면서도 사라진은 자신의 눈을 믿지 않고, 노귀족의 설명을 들은 뒤에도 그것을 속임수로 여긴다.

> "여기 있는 추기경과 주교, 사제에 대한 예의 때문이겠지요?" 사라진이 물었습니다. "그녀가 남자 옷을 입고, 머리를 싸매는 망을 뒤에 달고, 짧은 곱슬머리를 하고, 옆구리에 칼을 찬 게 말입니다." "그녀라니! 누구 말이오?" 사라진의 말을 들은 노귀족이 되물었습니다. "잠비넬라 말입니다." "잠비넬라?" 로마 귀족이 말을 이었습니다. "농담이오? 어디서 오셨소? 언제 여자가 로마의 극장 무대에 오른 적이 있소? 교황령에서 여자역을 맡는 게 어떤 피조물들인지 모른단 말이오?"(55쪽)

결말에서 수수께끼가 풀리면서 액자 안팎의 이야기가 하나로 이어지지만, 결국 사라진은 죽고 그의 열정의 대상이었던 잠비넬라는 '아무것도 아닌 것'이 된다. 사라진의 눈에 비친 잠비넬라는 여자도 남자도 아닌 '무(無)'이다. 남녀 성의 구별이 엄격한 프랑스어에서 '인간의 언어에는 이름이 없는 피조물'인 카스트라토를 지칭할 만한 대명사는 존재하지 않는다. 인간은 '그' 아니면 '그녀'여야 한다.

잠비넬라 앞에서 뱀의 머리를 짓이기며 남자로서의 우월감을 자랑하던 사라진(Sarrasine)은 그 이름[12]에서부터 여성성이 의심된다. 어린 사라진은 싸움에서 질 것 같으면 상대방을 '깨물고', 성년이 된 후에도 잠비넬라를 만나기 위해 '아가씨처럼' 곱게 차려입는다. '여성성=연약성=수동성'에 대한 완강한 그의 편견은 억압된 그의 욕망, 불안한 성 정체성의 표현이다. 급작스러운 그의 죽음이 일종의 자살로 해석되는 이유가 거기에 있다. 모호하고 상반된 것들로 가득 차 있는 「사라진」은 앞으로도 꽤 오랫동안 풀어야 할 수수께끼로 남을 것이다.

2 '나'를 되찾기 위해 발버둥치는 한 남자의 전쟁

현대의 비극이자 사생활 소설, 법률 사건, 파리 생활 장면, 군대 이야기, 여성 연구, 「샤베르 대령」은 이 모든 것이다.

— 스테판 바숑[13]

「샤베르 대령」을 발자크가 이룩한 거대한 작품 속에서 가장 성공한 이야기로 봐도 무방하다. 이 간결한 이야기만으로도 발자크 예술의 여러 차원을 확실하게 알 수 있다.

— 카를하인츠 슈티알레[14]

---

12) 프랑스어에서 보통 e로 끝나면 여성 명사이다.

13) Honoré de Balzac, *Le Colonel Chabert*, (Paris: Le Livre de poche, coll. 《Classiques de poche》, introduction, notes, commentaires et dossier de Stéphane Vachon, 1994).

14) Karlheinz Stierle, 『기호들의 수도 : 파리와 파리의 담론』 서문(2001),

「사라진」보다 이 년 늦게 집필된 「샤베르 대령」은 역사가로서의 발자크의 면모를 잘 보여 주는 작품이다. 작품의 초고가 완성된 것은 1832년의 일이다. 먼저 발자크는 「합의」라는 제목으로 1832년 문예지 《라르티스트》에 네 번에 걸쳐 작품을 게재했다. 이후 분량이 늘고 구성이 바뀌는 과정에서 두 차례 제목을 수정한다.[15] 「두 남편을 둔 백작 부인」(1835)으로 19세기 풍속 연구 중 '파리 생활 정경'의 하나로 발표되었다가, 최종적으로 「샤베르 대령」(1844)으로 『인간극』에 편입된다. 이때 장의 구별이 사라지면서 작품의 위치 또한 '파리 생활 정경'에서 '사생활 정경'으로 이동한다. 흥미로운 것은 나폴레옹 제국의 옛 근위대에 대한 오마주로도 읽힐 법한 이 작품이 '군대 생활 정경' 안에 들어가지 않았다는 점이다. 발자크에게 이 작품은 군대 이야기는 아니었던 모양이다.

제목이 바뀌는 과정은 작품의 변화 과정, 주제의 변화를 말해 준다. 최초의 제목 「합의」는 부부간의 법적 분쟁에 초점이 맞춰져 있다. 두 번째 제목 「두 남편을 둔 백작 부인」은 중혼의 문제를 부각한다. 과부가 된 줄 알고 재혼한 여자의 상황을 그린 이 작품에서 첫 번째 남편은 잊고 싶은 과거를, 두 번째 남편은 붙잡고 싶은 현재와 미래를 대변한다. 현재를 지키기 위해서는 전남편을 '제거'해야만 한다.

219p.

15) 1832년 10월 '샤베르 백작'이라는 제목으로 여러 작가의 단편 모음인 『잡동사니: 가지각색의 이야기』에도 수록되었으나 이 판본은 작가의 허락을 얻지 않은 것이다.

최종 제목인 「샤베르 대령」은 작가의 관심이 부부 간의 법률 문제보다는 주인공의 '비극'으로 이동했음을 보여 준다. 작품은 혁명의 소용돌이 속에서 잃어버린 자신의 신원을 복원하려 몸부림치는 샤베르의 전쟁을 그리고 있다. 샤베르의 개인사는 그가 고아원에 버려지는 1780년경 시작되어 1840년 6월 소송 대리인 데르빌이 비세트르 노인 수용소에서 우연히 그와 재회하는 장면으로 끝난다. 1818년 혹은 1819년[16] 두 사람의 첫 만남이 이뤄진 후 이십여 년의 세월이 흐른 뒤였다. 이렇게 그의 이야기는 구체제 말에서부터 7월 왕정(1830~1848)에 이르는 역사의 격동기에 걸쳐 있다.

이야기는 루이 18세(재위 1814~1824)의 집권 초기, 한 법률 사무소에서 시작된다. 낡은 캐릭 코트를 입은 늙은 남자가 비비엔 거리에 위치한 데르빌의 사무소에 찾아와 소송 대리인 데르빌과의 면담을 요청한다. 자신을 '아일라우에서 죽은 대령'으로 소개하는 이 이상한 인물의 괴담을 이해하려면, 우선 그가 살던 시대인 1789년 대혁명에서 1830년 7월 왕정이 들어설 때까지의 시기를 파악할 필요가 있다.

사회, 정치, 경제적 관점에서 당시는 혼돈과 격변의 시대였다. 대혁명으로 인해 구 엘리트 계층인 귀족과 성직자는 강제로 추방되거나 스스로 망명길에 나섬으로써 자신들의 사회,

16) 피에르 시트롱(1961)의 추정에 따르면 1818년 겨울이고 스테판 바숑(1994)에 따르면 1819년 3월이다.

정치, 경제적 권력의 대부분을 잃었다. 한편 새로운 출세의 문이 열렸다. 코르시카 출신의 군인 나폴레옹이 오로지 자신의 의지와 능력만으로 황제의 자리에 올랐듯이, 저마다 재주와 능력에 따라 큰 재산을 일구거나 권력의 중심부에 다가갈 수 있었다.

샤베르 대령 역시 그런 벼락 출세자 중 한 명이었다. 구체제의 귀족인 페로 백작과는 달리, 이름도 성도 모르는[17] '고아원 아이', 족보 없는 이였던 샤베르는 나폴레옹과 함께 이름을 얻는다. 나폴레옹이 이집트 원정으로 이름을 얻고 쿠데타를 일으킨 1799년 샤베르는 '뮈스카댕(멋쟁이 청년)'으로 이름을 날렸고, 나폴레옹이 황제의 자리에 오른 1804년 이후 그는 돈과 명예, 직위를 거머쥐며 승승장구한다. 그에게 나폴레옹은 '아버지'였다.

> "선생에게 고백하자면 나는 고아원 아이였고, 물려받은 유산은 담력이고, 세상 사람이 다 가족이고, 조국은 프랑스고, 의지할 이라고는 하느님뿐인 군인이라오! 아니, 틀렸소! 내겐 아버지가 한 분 계시오. 황제 말이오! 아! 그분이 건재하셨으면, 그 귀한 분이! 그분이 그의 샤베르 — 그분은 날 그렇게 불렀다오 — 가 어떤 처지에 놓였는지 보셨더라면! 그럼 그분은 역정을 내셨을 거요." (100쪽)

17) '이아생트 샤베르'는 그의 본명이 아닌 별명이다.

제1제정의 아들인 샤베르뿐만 아니라, 총재정부 시절 그가 '팔레 루아얄'에서 데려온 그의 아내, 로즈 샤포텔 역시 신분의 사다리를 기어올라 백작 부인이 될 수 있었다. 로즈 샤포텔의 운명은 당시의 복잡한 상황을 잘 보여 준다. 전직 매춘부였던 그녀는 1807년 아일라우 전투에서 샤베르가 사망자로 분류되자 혈족 귀족인 페로 백작과 결혼함으로써 '귀부인'이 된다.

반면, 그녀의 새 남편은, 비록 파리 고등 법원 전직 재판관의 아들이자 루이 18세의 측근이었지만, 아직 '페로 씨'에 불과했다. 나폴레옹의 몰락은 곧 신흥 졸부들의 위기를 의미했다. 1814년 나폴레옹의 실각 후 구축된 복고 왕정은 프랑스 역사상 옛것과 새것, 이상과 현실이 가장 치열하게 부딪히던 시대이다. 루이 18세는 귀족과 성직자 등 구체제의 수혜자들을 다시 불러 모았다. 반면, 혁명과 나폴레옹 체제에 편승해 사회적 상승을 이룩한 벼락 출세자들은 자신의 이득을 지키기 위해 과거를 지우고 새로운 체제에 적응해야 했다. 그 대표적인 인물이 책에서도 인용된 탈레랑이다. 탈레랑은 변혁의 변곡점마다 '유연한' 처세로 권력을 유지했다. 1789년 제헌의원이었던 그는 1807년까지 나폴레옹 정부의 장관을 지낸 후 복고 왕정 후까지 살아남는다.

왕정이 복구되면서 나폴레옹의 '아들'인 샤베르의 미망인과 정통 왕당파인 페로 백작의 관계는 힘의 균형을 잃게 된다. 정치적 야망에 불타는 페로 백작은 '출신'이 다른 부인과의 결혼을 후회하기 시작한다.

아무리 남자가 감추려고 해도 여자가 직감적으로 알아차리는 것들이 있다. 국왕이 처음 복귀했을 때 페로 백작은 그의 결혼에 대해 어떤 회한을 느끼게 되었다. 샤베르 대령의 미망인은 누구와도 인척 관계를 맺어 주지 않았고, 암초와 적으로 가득한 출셋길에서 백작은 외톨이 신세였다. 그래서 마침내 아내를 냉정하게 판단할 수 있게 되자 아내에게서 발견되는 교육상의 어떤 결함이 백작의 야망을 펼치는 데 필요한 내조에 적합지 않다는 사실을 깨달은 듯했다. 탈레랑의 결혼을 두고 그가 뱉은 말이 백작 부인의 눈을 틔워 주었으니, 만약 지금이라면 그녀는 절대로 페로 부인이 되지 못할 거라는 사실이 분명해졌다. (129쪽)

남편의 변심을 알아챈 그녀는 '가장 튼튼한 동아줄인 황금 사슬로 페로 백작을 꽁꽁 붙들어 매 두기로 마음먹고' 남편이 재산 때문에라도 자신을 버리지 않을 만큼 큰 부자가 되길 원한다. 그런데 죽은 줄만 알았던 전남편이 '망령'처럼 다시 나타나 자신의 권리를 주장한다. 백작 부인은 자신의 과거(자신의 출신, 나폴레옹 제국의 귀족이었던 샤베르 대령과의 결혼)를 땅속에 묻고, 전남편의 죽음 덕분에 손에 넣은 재산과 새 남편, 그리고 두 자녀의 미래를 지키려 한다. 두 부부의 요구 사항이 서로 부딪히자 데르빌은 합의를 제안한다.

합의의 내용은 백작 부인이 샤베르 대령이 생존해 있음을 법적으로 인정함으로써 그의 사망을 무효로 하고, 합의 이혼으로 결혼을 파기하고 대령에게 2만 4000프랑의 종신 연금을 지급하는 것이다. 이것은 샤베르가 자신의 이름과 지위, 신원을 되찾으려면 아내를 포기하고 재산의 극히 일부만을 갖는다는 뜻이다. 우직한 샤베르는 합의를 거부하지만 데르빌의 설득으로 두 부부는 데르빌의 사무소에서 재회한다.

> 6월의 어느 화창한 아침, 거의 초자연적 우연으로 인해 헤어졌던 두 부부가 서로를 만나러 파리에서 가장 대조되는 두 지점을 출발해 공동 소송 대리인의 사무실에 나타났다. 데르빌이 넉넉하게 건네준 선지급금 덕분에 샤베르 대령은 격에 맞는 옷을 갖춰 입었다. 그래서 사망자는 아주 깔끔한 카브리올레 마차를 타고 도착했다. (…) 옛 40프랑짜리 큰 동전과 새로 주조된 40프랑 동전이 다르게 생겼듯이 이제 그는 구닥다리 캐릭 차림의 샤베르와는 다른 사람 같았다. (137~138쪽)

몰래 숨어 데르빌과 백작 부인의 대화를 엿듣던 샤베르는 백작 부인이 합의 조건을 흥정하자 충격을 받고 뛰쳐나와 합의 의사를 철회한다. 하지만 샤베르를 따로 만나 회유한 백작 부인은 자신이 원하는 모든 것을 얻어 낸다. 결국 합의는 이루어지지 않을 것이다. 대령이 스스로 모든 권리를 포기하고 투항할 테니까.

이렇게 발자크는 격동의 역사를 그려 내면서 두 세계, 사라진 나폴레옹의 세계와 현존하는 복고 왕정의 세계, 샤베르의 세계와 백작 부인의 세계를 대립시킨다. 이야기를 이끌어 가는 주요 동력은 잃어버린 정체성을 되찾기 위한 샤베르의 '탐색'이다. 그러나 이야기의 끝에 이르면 결국 샤베르 대령 역시

'아무것도 아닌' 존재로 전락한다. 그는 다시 '죽은 자'로 돌아갈 뿐 아니라 인간의 존엄성마저 포기한다.

> "안녕하세요, 샤베르 대령님." 데르빌이 말했다.
>
> "샤베르 아냐! 샤베르 아냐! 내 이름은 이아생트야." 노인이 대답했다. "나는 이제 사람이 아니라 7호실 164번이야." 겁에 질린 아이처럼 불안에 떨며 그가 데르빌을 쳐다보고 덧붙였다. (165쪽)

소설의 주인공이 성장하며 자신의 인격을 완성해 가는 성장 소설과는 달리 샤베르는 스스로 자신의 정체성을 포기하며 패배를 선택한다. 무덤을 뚫고 나온 그는 사회와 목숨을 건 삶의 전투를 벌이지만 그는 다시 땅 밑으로 돌아갈 수밖에 없다. 「샤베르 대령」은 잃어버린 정체성에 관한 헛된 탐구와 나폴레옹 제국이 몰락한 뒤 복고 왕정 밑에서 승승장구하는 부르주아의 위선과 이기심을 고발하는 역사적, 사회적 회화이다.

참고 문헌

Barbéris, Pierre, A propos du *S/Z* de Roland Barthes, *L'Année Balzacienne*(1971).

Bataille, Georges, *Œuvres complétes vol. III*(Paris: Gallimard, 1970).

Bourget, Paul, *My Favorite Novelist and his Best Book*(New York: Munsey's Magazine, 1897).

Citron, Pierre, *Interprétation de Sarrasine*(L'Année Balzacienne, 1972).

De Balzac, Honoré, *Le Colonel Chabert,* édition critique avec une introduction, des variantes et des notes par Pierre Citron(Paris: Marcel Didier, 1961).

De Balzac, Honoré, *Le Colonel Chabert*, dans *La Comédie humaine*, tome 3, collection "Bibliothèque de la Pléiade"(Paris: Gallimard, 1976).

De Balzac, Honoré, *Le Colonel Chabert*, édition établie par Nadine Satiat(Paris: GF-Flammarian, 1992).

De Balzac, Honoré, *Le Colonel Chabert*, Introduction, notes, commentaires et dossier de Stéphane Vachon, collection "Le Livre de Poche Classiques"(Paris: Librairie générale franCaise, 1994).

De Balzac, Honoré, *Le Colonel Chabert*,(Paris: Le Livre de poche, coll. "Classiques de poche", introduction, notes, commentaires et dossier de Stéphane Vachon, 1994).

De Balzac, Honoré, *Le Colonel Chabert*, préface de Pierre Barbéris, édition de Patrick Berthier, collection "Folio classique"(Paris: Gallimard, 1999).

Reboul, Jean, Sarrasine ou la castration personifiée, *Cahiers pour l'analyse, n° 7*(1967).

작가 연보

1799년 5월 20일 프랑스의 투르(Tours)에서 아버지 베르나르 프랑수아 발자크(Bernard-François Balzac), 어머니 샤를로트 로르 살랑비에(Laure Sallambier) 사이에서 태어났다. 그의 아버지는 혁명기에 신분 상승에 성공한 신흥 부르주아로서, 오노레가 태어날 때 이미 쉰세 살이었다. 반면 전형적인 파리 상인 집안의 딸인 어머니는 겨우 스물한 살이었다. 태어나자마자 유모의 손에 맡겨진 갓난아기는 네 살이 될 때까지 가족과 떨어져 살았다. 일주일에 한 번, 마치 먼 친척을 보듯 가족을 만날 수 있었다. 1807년까지 유모의 집에 맡겨져 길러졌다.

1807년 가족과 헤어져 방돔(Vendôme)의 기숙 학교에 들어가 생활했다. 12월, 아버지가 다른 남동생 앙리

(1807~1858)가 태어났다. 앙리의 생부는 아버지의 친구인 투르 근방 사셰성(城)의 주인인 장 드 마르곤이었다. 혼외자 앙리에 대한 어머니의 편애로 그는 외로운 어린 시절을 보냈다. 발자크는 "나는 어머니를 가져 본 적이 없었다."고까지 말했다. 그러나 그는 앙리의 친부인 장 드 마르곤과는 가족처럼 친밀한 관계를 유지했다. 그래서 빚에 쫓기거나 상황이 어려울 때마다 사셰성을 찾았다. 사셰성은 현재 발자크 박물관이 되었다.

1814년 가족이 모두 파리로 이사했고, 르피트르(Lepître) 기숙학교에 다니기 시작했다.

1816년 11월 공증인이 되기를 바라는 부모의 소원대로 소르본 대학교 법학부에 입학한다. 대학에 다니며 소송 대리인 장바티스트 기요네 메르빌의 사무소에서 1818년 3월까지 일년 반 동안 일한다. 이때의 경험은 「샤베르 대령」에 고스란히 반영되어 있다. 기요네 메르빌은 작중 인물 데르빌의 모델이 된다. 소르본에서 여러 강의를 청강한 것도 이 시기의 일이다.

1818년 아버지의 권유로 다시 아버지의 친구인 공증인 파세의 사무실 수습 서기로 일한다. 중도에 그만두긴 했지만, 발자크는 수습 서기 생활을 통해 '분쟁의 소굴'에 대한 풍부한 지식과 법률 서기들이 사용하는 은어를 배운다.

1819년 빌파리지(Villeparisis)로 이사했다. 발자크는 공증인 사무소에 들어가기를 거부하고 문학에 뜻을 두었음을 밝혔고, 파리의 다락방에서 생활하며 작품 창작을 시작했다. 운문 비극 『크롬웰(Cromwell)』, 철학적 소설 『스테니(Sténie)』와 『팔튀른(Falthurne)』을 집필했다.

1820년 파리와 빌파리지를 오가며 생활했다. 누이 동생 로르(Laure)의 학교 친구이자 발자크의 충실한 조언자와 친구 역할을 할 쥘마 카로(Zulma Carraud)를 알게 되었다.

1822년 첫사랑인 스물두 살 연상의 여인 베르니 부인(Madame de Berny)을 만났다. 르 푸아트뱅 드 레그르빌(Le Poitevin de l'Egreville), 에티엔느 아라고(Etienne Arago)와 문학적으로 교류하며 친구들과 공동으로 『비라그의 상속녀(L'héritière de Birague)』, 『장 루이(Jean-Louis)』, 『클로틸드 드 뤼지냥(Clotilde de Lusignan)』, 『100년제(Le centenaire)』, 『아르덴의 부사제(Le vicaire des Ardennes)』, 『마지막 요정(La dernière fée)』 등 몇 편의 소설을 써서 가명으로 출간했다.

1824년 『장자 상속권(Du droit d'aînesse)』, 『예수회의 공정한 역사(Histoire impartiale des Jésuites)』 등의 팸플릿을 익명으로 펴냈다.

1825년 사업을 시도하여 출판사, 인쇄소, 활자 제조소를 운영했다. 사업 실패로 막대한 빚을 지게 되고, 다시 문학으로 돌아오게 된다. 『정직한 사람들의 규범(Code des gens honnêtes)』, 『반 클로르(Wann-Chlore)』, 『파리 간판의 비판적, 일화적 소사전(Petit dictionnaire critique et anecdotique des enseignes de Paris)』을 출간했다.

1828년 4월 빚쟁이들을 피해 누이 로르의 남편 쉬르빌의 이름으로 몽파르나스 구역의 카시니 거리 1번지에 세를 얻어 다시 글을 쓰기 시작한다. 이곳은 1836년까지 구 년간 발자크의 근거지가 된다.

1829년 부친이 사망했다. 『인간극(La comédie humaine)』에 포함될 최초의 소설이며 발자크의 실명으로 발표된 최초의 소설인 『올빼미당원(Le dernier chouan)』을 집필했다. 『결혼생리학(Physiologie du mariage)』이 출간되었다.

1830년 여러 살롱에 출입하며 사교 생활을 시작했다. 『사생활 정경(Scènes de la vie privée)』을 출간했다. 발자크의 소설 분야 진출에 결정적인 해로서, 『벤데타(La vendetta)』, 『가정의 평화(La paix du ménage)』, 『여인의 연구(Etude de femme)』, 『곱세크(Gobseck)』 등 여러 편의 소설이 나왔다. 11월 「사라진(Sarrasine)」을 《르뷔 드 파리》에 연재하기 시작했다.

1831년 『나귀 가죽(La peau de chagrin)』이 큰 성공을 거두었다. 이때부터 본격적으로 귀족 칭호를 쓰기 시작했다. 이후 모든 책은 '오노레 드 발자크'의 이름으로 출간되었다. 『사라진』, 『알려지지 않은 걸작(Le chef-d'oeuvre inconnu)』, 『저주받은 아이(L'enfant maudit)』, 『추방당한 사람들(Les proscrits)』 등 많은 작품을 집필했다.

1832년 카스트리(Castries) 후작 부인에게 반하게 된다. 정치적 야망을 갖고 정통 왕당파에 가담하여 국회 의원에 출마할 계획을 세웠다. 카스트리 후작 부인과 결별한다. 『우스꽝스러운 콩트(Les contes drôlatiques)』에 속하는 첫 십여 편의 콩트가 출간되었다. 『피르미아니 부인(Madame Firmiani)』, 『버림받은 여인(La femme abandonnée)』, 『투르의 사제(Le curé de Tours)』 등이 출간되었다. 발자크의 평생의 연인이며 말년에 결혼하게 될 폴란드의 한스카(Hanska) 백작 부인의 첫 편지를 받았다.

1833년 『우스꽝스러운 콩트』에 속하는 두 번째 십여 편의 콩트 및 『루이 랑베르(Louis Lambert)』, 『외제니 그랑데(Eugénie Grandet)』, 『명사 고디사르(L'illustre Gaudissart)』, 『페라귀스(Ferragus)』, 『시골 의사(Le médecin de campagne)』 등 집필. 스위스의 뇌샤텔에서 한스카 부인을 처음으로 만났다.

1834년 왕성한 창작 활동과 사교 생활을 병행했다. 사셰(Saché)에 머물며 『세라피타(Séraphîta)』와 『고리오 영감(Le père goriot)』 집필. 『랑제 공작 부인(La duchesse de Langeais)』과 『절대의 탐구(La recherche de l'absolu)』가 출간되었다.

1835년 인물 재등장 기법이 처음으로 적용된 작품인 『고리오 영감』 출간. 『결혼 계약(Le contrat de mariage)』, 『골짜기의 백합(Le lys dans la vallée)』, 『세라피타』 등 출간. 빚쟁이들을 피하기 위하여 샤이오(Chaillot)에 가명으로 집을 얻어 거주했다.

1836년 《파리의 연대기(La chronique de Paris)》 창간. 이탈리아

를 여행했다. 베르니 부인 사망. 『무신론자의 미사(La messe de l'athée)』, 『파시노 칸느(Facino Cane)』, 『카트린느 드 메디치(Sur Catherine de Médicis)』 등이 출간되었다.

1837년 이탈리아를 여행했다. 부채 문제로 집행관들의 추적을 받고 사셰에 체류했다. 『우스꽝스러운 콩트』에 속하는 십여 편의 콩트 및 『잃어버린 환상(Illusions perdues)』 초반부, 『노처녀(La vieille fille)』, 『세자르 비로토(César Birotteau)』 등 출간. 자르디(Jardies)의 영지를 구입했다.

1838년 3월 20일부터 6월 6일까지 은광 채굴을 위해 이탈리아의 사르데냐를 여행했다. 은광 경영으로 부유해지기를 꿈꿨지만 실패했다. 『뉘싱겐 상사(La maison Nucingen)』, 『마을 사제(Le curé de village)』가 출간되었다.

1839년 아카데미 프랑세즈 회원이 되고자 했다. 『고미술품 진열실(Le cabinet des antiques)』, 『이브의 딸(Une fille d'Eve)』, 『잃어버린 환상』 후속편, 『창녀들의 흥망성쇠(Splendeurs et misères des courtisanes)』 초반부, 『베아트릭스(Béatrix)』 등을 집필했다.

1840년 『고리오 영감』에서 발자크가 각색한 연극 「보트랭(Vautrin)」을 상연하나 실패로 끝났다. 발자크가 편집하는 잡지 《르뷔 파리지앵(Revue parisienne)》 창간. 발자크는 이 잡지에 스탕달의 『파르마의 수도원(La chartreuse de Parme)』을 찬양하는 글을 게재했다. 이 잡지는 3호를 발간하고 끝났다. 자르디의 영지를 매각하고 파시(Passy)에 거주하기 시작했다. 『피에레트

(Pierrette)』, 『보헤미아의 왕자(Un prince de la Bohême)』 등을 펴냈다.

1841년 과로로 건강이 악화되었다. 10월 2일 『인간극』 출판을 계약했다. 『결혼한 두 젊은 여인의 회상록(Mémoires de deux jeunes mariées)』, 『위르실 미루에(Ursule Mirouët)』, 『어둠 속의 사건(Une ténébreuse affaire)』 등이 출간되었다.

1842년 전해 11월에 한스카 부인의 남편 한스키(Hanski) 백작이 갑자기 사망한 소식을 1월에 알게 되고, 한스카 부인과의 결혼이 발자크의 큰 목표가 되었다. 3월 발자크의 두 번째 연극 「키놀라의 밑천(Les ressources de Quinola)」이 오데옹 극장에서 상연되나 실패했다. 4월 『프랑스 도서 목록(La bibliographie de la France)』이 『인간극』의 첫 배본을 예고했다. 『인생의 출발(Un début dans la vie)』, 『알베르 사바뤼스(Albert Savarus)』, 『여인의 또 다른 연구(Autre étude de femme)』 등이 출간되었다.

1843년 한스카 부인을 만나러 페테르부르크 여행. 『인간극』 출간이 계속되었다. 『오노린느(Honorine)』, 『현의 뮤즈(La muse du département)』, 『잃어버린 환상』 마지막 부분이 출간되었다.

1844년 건강이 점점 악화되어 갔지만 활발한 창작 활동은 계속되었다. 『겸손한 미뇽(Modeste Mignon)』, 『농민들(Les paysans)』 등 집필했다. 『샤베르 대령(Le colonel Chabert)』 최종판이 출간되었다. 한스카 부인과의 결혼 계획이 러시아의 법률 문제 등으로 난관에 봉착했다.

1845년 4월 레지옹 도뇌르 훈장을 받았다. 5월 드레스덴에서 한스카 부인과 만났다. 이탈리아 여행. 『사업가(Un homme d'affaires)』, 『부부 생활의 작은 비참(Petites misères de la vie conjugale)』 끝부분을 집필했다.

1846년 파리의 포르튀네(Fortunée)가에 개인 저택을 구입했다. 『종매 베트(La cousine Bette)』, 『현대사의 이면(L'envers de l'histoire contemporaine)』 등을 집필했다.

1847년 2월부터 4월까지 한스카 부인과 파리 체류. 건강과 금전상의 문제로 고통을 받았다. 6월 28일 유언장을 작성함. 9월 우크라이나의 한스카 부인 집에 체류. 『사촌 퐁스(Le cousin Pons)』, 『선거(L'election)』가 출간되었다.

1848년 2월 16일 파리로 귀환해 2월 혁명을 목격했다. 제헌의회 의원 출마에 실패했다. 발자크의 연극 「계모(La marâtre)」 상연이 성공을 거뒀다. 사셰에서의 마지막 체류 후 심장 비대증으로 고통을 받던 발자크는 9월 우크라이나로 떠났다.

1849년 겨울 동안 우크라이나에서 병고에 시달렸다. 아카데미 프랑세즈 회원 선출에 실패했다.

1850년 우크라이나에서 건강 상태가 악화되었다. 3월 14일 발자크와 한스카 백작 부인과 결혼식을 올렸다. 5월 발자크 부부는 파리를 향해 출발했다. 여행 중 병에 시달리며 5월 21일 저녁 파리의 포르튀네가에 도착했다. 이후 발자크는 병상에서 일어나지 못하고 투병 생활을 지속했다. 8월 18일 저녁 빅토르 위고가 병상의 발자크를 문병했다. 위고의 문병 몇 시간 후 발자크는 숨을 거뒀다. 8월 21일 장례식이 거행되고 빅토르 위고가 추도 연설을 거행했다. 페르라셰즈(Père-Lachaise) 묘지에 안장되었다.

세계문학전집 420

사라진·샤베르 대령

1판 1쇄 찍음 2023년 3월 10일
1판 1쇄 펴냄 2023년 3월 17일

지은이 오노레 드 발자크
옮긴이 선영아
발행인 박근섭, 박상준
펴낸곳 (주)민음사

출판등록 1966. 5. 19. (제 16-490호)
서울특별시 강남구 도산대로1길 62(신사동) 강남출판문화센터 5층 (우편번호 06027)
대표전화 02-515-2000 팩시밀리 02-515-2007
www.minumsa.com

ISBN 978-89-374-6420-1 04800
ISBN 978-89-374-6000-5 (세트)

민음사 세계문학전집

세계문학전집 목록

45 **젊은 예술가의 초상** 조이스·이상옥 옮김 서울대 권장도서 100선

46 **카탈로니아 찬가** 오웰·정영목 옮김

47 **호밀밭의 파수꾼** 샐린저·정영목 옮김 《타임》 선정 현대 100대 영문소설 | 미국대학위원회 선정 SAT 추천도서 | 《뉴스위크》 선정 100대 명저 | BBC 선정 꼭 읽어야 할 책

48·49 **파르마의 수도원** 스탕달·원윤수, 임미경 옮김

50 **수레바퀴 아래서** 헤세·김이섭 옮김 노벨 문학상 수상 작가 | 국립중앙도서관 선정 청소년 권장도서

51·52 **내 이름은 빨강** 파묵·이난아 옮김 노벨 문학상 수상 작가

53 **오셀로** 셰익스피어·최종철 옮김 서울대 권장도서 100선

54 **조서** 르 클레지오·김윤진 옮김 노벨 문학상 수상 작가

55 **모래의 여자** 아베 코보·김난주 옮김

56·57 **부덴브로크 가의 사람들** 토마스 만·홍성광 옮김 노벨 문학상 수상 작가

58 **싯다르타** 헤세·박병덕 옮김 노벨 문학상 수상 작가

59·60 **아들과 연인** 로렌스·정상준 옮김 《뉴스위크》 선정 100대 명저

61 **설국** 가와바타 야스나리·유숙자 옮김 노벨 문학상 수상 작가 | 서울대 권장도서 100선

62 **벨킨 이야기·스페이드 여왕** 푸슈킨·최선 옮김

63·64 **넙치** 그라스·김재혁 옮김 노벨 문학상 수상 작가

65 **소망 없는 불행** 한트케·윤용호 옮김 노벨 문학상 수상 작가

66 **나르치스와 골드문트** 헤세·임홍배 옮김 노벨 문학상 수상 작가

67 **황야의 이리** 헤세·김누리 옮김 노벨 문학상 수상 작가

68 **페테르부르크 이야기** 고골·조주관 옮김

69 **밤으로의 긴 여로** 오닐·민승남 옮김 노벨 문학상 수상 작가 | 미국대학위원회 선정 SAT 추천도서

70 **체호프 단편선** 체호프·박현섭 옮김

71 **버스 정류장** 가오싱젠·오수경 옮김 노벨 문학상 수상 작가

72 **구운몽** 김만중·송성욱 옮김 서울대 권장도서 100선 | 국립중앙도서관 선정 청소년 권장도서

73 **대머리 여가수** 이오네스코·오세곤 옮김

74 **이솝 우화집** 이솝·유종호 옮김 논술 및 수능에 출제된 책(1998~2005)

75 **위대한 개츠비** 피츠제럴드·김욱동 옮김 《타임》 선정 현대 100대 영문소설

76 **푸른 꽃** 노발리스·김재혁 옮김

77 **1984** 오웰·정회성 옮김 《타임》 선정 현대 100대 영문소설 | 《뉴스위크》 선정 100대 명저

78·79 **영혼의 집** 아옌데·권미선 옮김

80 **첫사랑** 투르게네프·이항재 옮김

81 **내가 죽어 누워 있을 때** 포크너·김명주 옮김 노벨 문학상 수상 작가

82 **런던 스케치** 레싱·서숙 옮김 노벨 문학상 수상 작가

83 **팡세** 파스칼·이환 옮김

84 **질투** 로브그리예·박이문, 박희원 옮김

85·86 **채털리 부인의 연인** 로렌스·이인규 옮김

87 **그 후** 나쓰메 소세키·윤상인 옮김

88 **오만과 편견** 오스틴·윤지관, 전승희 옮김 미국대학위원회 선정 SAT 추천도서

89·90 **부활** 톨스토이·연진희 옮김 논술 및 수능에 출제된 책(1998~2005)

91 **방드르디, 태평양의 끝** 투르니에·김화영 옮김

92 **미겔 스트리트** 나이폴·이상옥 옮김 노벨 문학상 수상 작가

93 **뻬드로 빠라모** 룰포·정창 옮김

94 **차라투스트라는 이렇게 말했다** 니체 · 장희창 옮김 국립중앙도서관 선정 청소년 권장도서
95·96 **적과 흑** 스탕달 · 이동렬 옮김 국립중앙도서관 선정 청소년 권장도서
97·98 **콜레라 시대의 사랑** 마르케스 · 송병선 옮김 노벨 문학상 수상 작가 | BBC 선정 꼭 읽어야 할 책
99 **맥베스** 셰익스피어 · 최종철 옮김 서울대 권장도서 100선 | 미국대학위원회 선정 SAT 추천도서
100 **춘향전** 작자 미상 · 송성욱 풀어 옮김 서울대 권장도서 100선
101 **페르디두르케** 곰브로비치 · 윤진 옮김
102 **포르노그라피아** 곰브로비치 · 임미경 옮김
103 **인간 실격** 다자이 오사무 · 김춘미 옮김
104 **네루다의 우편배달부** 스카르메타 · 우석균 옮김
105·106 **이탈리아 기행** 괴테 · 박찬기 외 옮김
107 **나무 위의 남작** 칼비노 · 이현경 옮김
108 **달콤 쌉싸름한 초콜릿** 에스키벨 · 권미선 옮김
109·110 **제인 에어** C. 브론테 · 유종호 옮김 BBC 선정 꼭 읽어야 할 책
111 **크눌프** 헤세 · 이노은 옮김 노벨 문학상 수상 작가
112 **시계태엽 오렌지** 버지스 · 박시영 옮김 《타임》 선정 현대 100대 영문소설 | 《뉴스위크》 선정 100대 명저
113·114 **파리의 노트르담** 위고 · 정기수 옮김 미국대학위원회 선정 SAT 추천도서
115 **새로운 인생** 단테 · 박우수 옮김
116·117 **로드 짐** 콘래드 · 이상옥 옮김 《뉴스위크》 선정 100대 명저
118 **폭풍의 언덕** E. 브론테 · 김종길 옮김 미국대학위원회 선정 SAT 추천도서
119 **텔크테에서의 만남** 그라스 · 안삼환 옮김 노벨 문학상 수상 작가
120 **검찰관** 고골 · 조주관 옮김
121 **안개** 우나무노 · 조민현 옮김
122 **나사의 회전** 제임스 · 최경도 옮김 미국대학위원회 선정 SAT 추천도서
123 **피츠제럴드 단편선 1** 피츠제럴드 · 김욱동 옮김
124 **목화밭의 고독 속에서** 콜테스 · 임수현 옮김
125 **돼지꿈** 황석영
126 **라셀라스** 존슨 · 이인규 옮김
127 **리어 왕** 셰익스피어 · 최종철 옮김 서울대 권장도서 100선 | 《뉴스위크》 선정 100대 명저
128·129 **쿠오 바디스** 시엔키에비츠 · 최성은 옮김 노벨 문학상 수상 작가
130 **자기만의 방 · 3기니** 울프 · 이미애 옮김
131 **시르트의 바닷가** 그라크 · 송진석 옮김
132 **이성과 감성** 오스틴 · 윤지관 옮김
133 **바덴바덴에서의 여름** 치프킨 · 이장욱 옮김
134 **새로운 인생** 파묵 · 이난아 옮김 노벨 문학상 수상 작가
135·136 **무지개** 로렌스 · 김정매 옮김
137 **인생의 베일** 서머싯 몸 · 황소연 옮김
138 **보이지 않는 도시들** 칼비노 · 이현경 옮김
139·140·141 **연초 도매상** 바스 · 이운경 옮김 《타임》 선정 현대 100대 영문소설
142·143 **플로스 강의 물방앗간** 엘리엇 · 한애경, 이봉지 옮김 미국대학위원회 선정 SAT 추천도서
144 **연인** 뒤라스 · 김인환 옮김
145·146 **이름 없는 주드** 하디 · 정종화 옮김
147 **제49호 품목의 경매** 핀천 · 김성곤 옮김 《타임》 선정 현대 100대 영문소설

148 **성역** 포크너 · 이진준 옮김 노벨 문학상 수상 작가 | 퓰리처상 수상 작가
149 **무진기행** 김승옥
150·151·152 **신곡(지옥편 · 연옥편 · 천국편)** 단테 · 박상진 옮김 《뉴스위크》 선정 100대 명저
153 **구덩이** 플라토노프 · 정보라 옮김
154·155·156 **카라마조프가의 형제들** 도스토옙스키 · 김연경 옮김
157 **지상의 양식** 지드 · 김화영 옮김 노벨 문학상 수상 작가
158 **밤의 군대들** 메일러 · 권택영 옮김 퓰리처상 수상 작가
159 **주홍 글자** 호손 · 김욱동 옮김 서울대 권장도서 100선 | 미국대학위원회 선정 SAT 추천도서
160 **깊은 강** 엔도 슈사쿠 · 유숙자 옮김
161 **욕망이라는 이름의 전차** 윌리엄스 · 김소임 옮김
162 **마사 퀘스트** 레싱 · 나영균 옮김 노벨 문학상 수상 작가
163·164 **운명의 딸** 아옌데 · 권미선 옮김
165 **모렐의 발명** 비오이 카사레스 · 송병선 옮김
166 **삼국유사** 일연 · 김원중 옮김 서울대 권장도서 100선
167 **풀잎은 노래한다** 레싱 · 이태동 옮김 노벨 문학상 수상 작가
168 **파리의 우울** 보들레르 · 윤영애 옮김
169 **포스트맨은 벨을 두 번 울린다** 케인 · 이만식 옮김
170 **썩은 잎** 마르케스 · 송병선 옮김 노벨 문학상 수상 작가
171 **모든 것이 산산이 부서지다** 아체베 · 조규형 옮김 《타임》 선정 현대 100대 영문소설
172 **한여름 밤의 꿈** 셰익스피어 · 최종철 옮김 미국대학위원회 선정 SAT 추천도서
173 **로미오와 줄리엣** 셰익스피어 · 최종철 옮김 미국대학위원회 선정 SAT 추천도서
174·175 **분노의 포도** 스타인벡 · 김승욱 옮김 노벨 문학상 수상 작가 | 《타임》 선정 현대 100대 영문소설
176·177 **괴테와의 대화** 에커만 · 장희창 옮김
178 **그물을 헤치고** 머독 · 유종호 옮김 《타임》 선정 현대 100대 영문소설
179 **브람스를 좋아하세요...** 사강 · 김남주 옮김
180 **카타리나 블룸의 잃어버린 명예** 하인리히 뵐 · 김연수 옮김 노벨 문학상 수상 작가
181·182 **에덴의 동쪽** 스타인벡 · 정회성 옮김 노벨 문학상 수상 작가
183 **순수의 시대** 워튼 · 송은주 옮김 《뉴스위크》 선정 100대 명저 | 퓰리처상 수상작
184 **도둑 일기** 주네 · 박형섭 옮김
185 **나자** 브르통 · 오생근 옮김
186·187 **캐치-22** 헬러 · 안정효 옮김 《타임》 선정 현대 100대 영문소설
188 **숄로호프 단편선** 숄로호프 · 이항재 옮김 노벨 문학상 수상 작가
189 **말** 사르트르 · 정명환 옮김
190·191 **보이지 않는 인간** 엘리슨 · 조영환 옮김 《타임》 선정 현대 100대 영문소설
192 **왑샷 가문 연대기** 치버 · 김승욱 옮김 퓰리처상 수상 작가
193 **왑샷 가문 몰락기** 치버 · 김승욱 옮김 퓰리처상 수상 작가
194 **필립과 다른 사람들** 노터봄 · 지명숙 옮김
195·196 **하드리아누스 황제의 회상록** 유르스나르 · 곽광수 옮김
197·198 **소피의 선택** 스타이런 · 한정아 옮김 퓰리처상 수상 작가
199 **피츠제럴드 단편선 2** 피츠제럴드 · 한은경 옮김
200 **홍길동전** 허균 · 김탁환 옮김
201 **요술 부지깽이** 쿠버 · 양윤희 옮김

202 북호텔 다비 · 원윤수 옮김
203 톰 소여의 모험 트웨인 · 김욱동 옮김
204 금오신화 김시습 · 이지하 옮김
205·206 테스 하디 · 정종화 옮김 미국대학위원회 선정 SAT 추천도서 | BBC 선정 꼭 읽어야 할 책
207 브루스터플레이스의 여자들 네일러 · 이소영 옮김
208 더 이상 평안은 없다 아체베 · 이소영 옮김
209 그레인지 코플랜드의 세 번째 인생 워커 · 김시현 옮김 퓰리처상 수상 작가
210 어느 시골 신부의 일기 베르나노스 · 정영란 옮김
211 타라스 불바 고골 · 조주관 옮김
212·213 위대한 유산 디킨스 · 이인규 옮김 서울대 권장도서 100선 | BBC 선정 꼭 읽어야 할 책
214 면도날 서머싯 몸 · 안진환 옮김
215·216 성채 크로닌 · 이은정 옮김
217 오이디푸스 왕 소포클레스 · 강대진 옮김 서울대 권장도서 100선
218 세일즈맨의 죽음 밀러 · 강유나 옮김
219·220·221 안나 카레니나 톨스토이 · 연진희 옮김 서울대 권장도서 100선
222 오스카 와일드 작품선 와일드 · 정영목 옮김
223 벨아미 모파상 · 송덕호 옮김
224 파스쿠알 두아르테 가족 호세 셀라 · 정동섭 옮김 노벨 문학상 수상 작가
225 시칠리아에서의 대화 비토리니 · 김운찬 옮김
226·227 길 위에서 케루악 · 이만식 옮김 《타임》 선정 현대 100대 영문소설 | 《뉴스위크》 선정 100대 명저
228 우리 시대의 영웅 레르몬토프 · 오정미 옮김
229 아우라 푸엔테스 · 송상기 옮김
230 클링조어의 마지막 여름 헤세 · 황승환 옮김 노벨 문학상 수상 작가
231 리스본의 겨울 무뇨스 몰리나 · 나송주 옮김
232 뻐꾸기 둥지 위로 날아간 새 키지 · 정회성 옮김 《타임》 선정 현대 100대 영문소설
233 페널티킥 앞에 선 골키퍼의 불안 한트케 · 윤용호 옮김 노벨 문학상 수상 작가
234 참을 수 없는 존재의 가벼움 쿤데라 · 이재룡 옮김
235·236 바다여, 바다여 머독 · 최옥영 옮김
237 한 줌의 먼지 에벌린 워 · 안진환 옮김 《타임》 선정 현대 100대 영문소설
238 뜨거운 양철 지붕 위의 고양이 · 유리 동물원 윌리엄스 · 김소임 옮김 퓰리처상 수상작
239 지하로부터의 수기 도스토옙스키 · 김연경 옮김
240 키메라 바스 · 이운경 옮김
241 반쪼가리 자작 칼비노 · 이현경 옮김
242 벌집 호세 셀라 · 남진희 옮김 노벨 문학상 수상 작가
243 불멸 쿤데라 · 김병욱 옮김
244·245 파우스트 박사 토마스 만 · 임홍배, 박병덕 옮김 노벨 문학상 수상 작가
246 사랑할 때와 죽을 때 레마르크 · 장희창 옮김
247 누가 버지니아 울프를 두려워하랴? 올비 · 강유나 옮김
248 인형의 집 입센 · 안미란 옮김
249 위폐범들 지드 · 원윤수 옮김 노벨 문학상 수상 작가
250 무정 이광수 · 정영훈 책임 편집 서울대 권장도서 100선
251·252 의지와 운명 푸엔테스 · 김현철 옮김

309 **보이체크·당통의 죽음** 뷔히너·홍성광 옮김
310 **노르웨이의 숲** 무라카미 하루키·양억관 옮김
311 **운명론자 자크와 그의 주인** 디드로·김희영 옮김
312·313 **헤밍웨이 단편선** 헤밍웨이·김욱동 옮김 노벨 문학상 수상 작가
314 **피라미드** 골딩·안지현 옮김 노벨 문학상 수상 작가
315 **닫힌 방·악마와 선한 신** 사르트르·지영래 옮김
316 **등대로** 울프·이미애 옮김 《타임》 선정 현대 100대 영문소설 | 《뉴스위크》 선정 100대 명저
317·318 **한국 희곡선** 송영 외·양승국 엮음
319 **여자의 일생** 모파상·이동렬 옮김
320 **의식** 노터봄·김영중 옮김
321 **육체의 악마** 라디게·원윤수 옮김
322·323 **감정 교육** 플로베르·지영화 옮김
324 **불타는 평원** 룰포·정창 옮김
325 **위대한 몬느** 알랭푸르니에·박영근 옮김
326 **라쇼몬** 아쿠타가와 류노스케·서은혜 옮김
327 **반바지 당나귀** 보스코·정영란 옮김
328 **정복자들** 말로·최윤주 옮김
329·330 **우리 동네 아이들** 마흐푸즈·배혜경 옮김 노벨 문학상 수상 작가
331·332 **개선문** 레마르크·장희창 옮김
333 **사바나의 개미 언덕** 아체베·이소영 옮김
334 **게걸음으로** 그라스·장희창 옮김 노벨 문학상 수상 작가
335 **코스모스** 곰브로비치·최성은 옮김
336 **좁은 문·전원교향곡·배덕자** 지드·동성식 옮김 노벨 문학상 수상 작가
337·338 **암 병동** 솔제니친·이영의 옮김 노벨 문학상 수상 작가
339 **피의 꽃잎들** 응구기 와 시옹오·왕은철 옮김
340 **운명** 케르테스·유진일 옮김 노벨 문학상 수상 작가
341·342 **벌거벗은 자와 죽은 자** 메일러·이운경 옮김 퓰리처상 수상 작가
343 **시지프 신화** 카뮈·김화영 옮김 노벨 문학상 수상 작가
344 **뇌우** 차오위·오수경 옮김
345 **모옌 중단편선** 모옌·심규호, 유소영 옮김 노벨 문학상 수상 작가
346 **일야서** 한사오궁·심규호, 유소영 옮김
347 **상속자들** 골딩·안지현 옮김 노벨 문학상 수상 작가
348 **설득** 오스틴·전승희 옮김
349 **히로시마 내 사랑** 뒤라스·방미경 옮김
350 **오 헨리 단편선** 오 헨리·김희용 옮김
351·352 **올리버 트위스트** 디킨스·이인규 옮김
353·354·355·356 **전쟁과 평화** 톨스토이·연진희 옮김
357 **다시 찾은 브라이즈헤드** 에벌린 워·백지민 옮김
358 **아무도 대령에게 편지하지 않다** 마르케스·송병선 옮김
359 **사양** 다자이 오사무·유숙자 옮김
360 **좌절** 케르테스·한경민 옮김 노벨 문학상 수상 작가
361·362 **닥터 지바고** 파스테르나크·김연경 옮김 노벨 문학상 수상 작가

363 **노생거 사원** 오스틴 · 윤지관 옮김
364 **개구리** 모옌 · 심규호, 유소영 옮김 노벨 문학상 수상 작가
365 **마왕** 투르니에 · 이원복 옮김 공쿠르상 수상 작가
366 **맨스필드 파크** 오스틴 · 김영희 옮김
367 **이선 프롬** 이디스 워튼 · 김욱동 옮김 퓰리처상 수상 작가
368 **여름** 이디스 워튼 · 김욱동 옮김 퓰리처상 수상 작가
369·370·371 **나는 고백한다** 자우메 카브레 · 권가람 옮김
372·373·374 **태엽 감는 새 연대기** 무라카미 하루키 · 김연경 옮김
375·376 **대사들** 제임스 · 정소영 옮김
377 **족장의 가을** 마르케스 · 송병선 옮김 노벨 문학상 수상 작가
378 **핏빛 자오선** 매카시 · 김시현 옮김
379 **모두 다 예쁜 말들** 매카시 · 김시현 옮김
380 **국경을 넘어** 매카시 · 김시현 옮김
381 **평원의 도시들** 매카시 · 김시현 옮김
382 **만년** 다자이 오사무 · 유숙자 옮김
383 **반항하는 인간** 카뮈 · 김화영 옮김 노벨 문학상 수상 작가
384·385·386 **악령** 도스토옙스키 · 김연경 옮김
387 **태평양을 막는 제방** 뒤라스 · 윤진 옮김
388 **남아 있는 나날** 가즈오 이시구로 · 송은경 옮김
389 **앙리 브륄라르의 생애** 스탕달 · 원윤수 옮김
390 **찻집** 라오서 · 오수경 옮김
391 **태어나지 않은 아이를 위한 기도** 케르테스 · 이상동 옮김 노벨 문학상 수상 작가
392·393 **서머싯 몸 단편선** 서머싯 몸 · 황소연 옮김
394 **케이크와 맥주** 서머싯 몸 · 황소연 옮김
395 **월든** 소로 · 정회성 옮김
396 **모래 사나이** E. T. A. 호프만 · 신동화 옮김
397·398 **검은 책** 오르한 파묵 · 이난아 옮김 노벨 문학상 수상 작가
399 **방랑자들** 올가 토카르추크 · 최성은 옮김 노벨 문학상 수상 작가
400 **시여, 침을 뱉어라** 김수영 · 이영준 엮음
401·402 **환락의 집** 이디스 워튼 · 전승희 옮김
403 **달려라 메로스** 다자이 오사무 · 유숙자 옮김
404 **아버지와 자식** 투르게네프 · 연진희 옮김
405 **청부 살인자의 성모** 바예호 · 송병선 옮김
406 **세피아빛 초상** 아옌데 · 조영실 옮김
407·408·409·410 **사기 열전** 사마천 · 김원중 옮김 서울대 권장도서 100선
411 **이상 시 전집** 이상 · 권영민 책임 편집
412 **어둠 속의 사건** 발자크 · 이동렬 옮김
413 **태평천하** 채만식 · 권영민 책임 편집
414·415 **노스트로모** 콘래드 · 이미애 옮김
416·417 **제르미날** 졸라 · 강충권 옮김
418 **명인** 가와바타 야스나리 · 유숙자 옮김 노벨 문학상 수상 작가
419 **핀처 마틴** 골딩 · 백지민 옮김 노벨 문학상 수상 작가
420 **사라진 · 샤베르 대령** 발자크 · 선영아 옮김

세계문학전집은 계속 간행됩니다.